© Axel Becker-Zöllner
38110 Braunschweig
2024/25 Aufl.2

Verlag: BoD · Books on Demand GmbH, Überseering 33,
22297 Hamburg, bod@bod.de
Druck: Libri Plureos GmbH, Friedensallee 273, 22763 Hamburg
ISBN: 978-3-7693-2830-1

Wenn der Staubsaugerroboter sofort um deine Füße herumfährt und immer dort langfährt, wo du gerade stehst. Hast du dann nicht auch den Eindruck, er macht das mit Absicht?

Kann es sein, dass deine Waschmaschine ein Eigenleben hat, wenn die Wäsche wieder einmal nicht ganz trocken geschleudert wurde oder sie die Strümpfe gefressen hatte?

Wie ist es möglich, dass der Ofen unbemerkt abgeschaltet hat und deshalb der Kuchen nicht fertig geworden ist?

Führen die Haushalts-, Küchen-, und Gartenhelferlinge ein Eigenleben und verabreden sich untereinander?

Vielleicht feiern sie eine Party, wenn du nicht zuhause bist?

Das ist das geheime Leben der Dinge.

Wamine		Waschmaschine
Kolltom		Kaffeevollautomat
Saurot		Saugroboter
Witer		Wischroboterin
Sarto		Smartphone
Smasch		Geschirrspüler
Trams		Smart-TV
Kerbi		Kühl-Gefrier-Kombi
Raser		Rasenmähroboter
Belei		Bügeleisen
Nöf		Föhn
„die Alte"		Waschmaschine
Bugsi		ein Balkenmäher

Inhalt

Zwischen Scherz und Ernst
Vermag nur der scharf zu scheiden,
welcher grundsätzlich missversteht
die Natur der beiden

Piet Hein

Holgers Erbe

Ungefähr so hatte sich Holger das Gespräch vorgestellt.

„Deswegen muss doch nicht alles so bleiben, wie es ist", ereiferte sich Esther.

„Aber Oma hat doch gerade alles renoviert", erwiderte Holger kleinlaut.

„Das war 1950. Klar, da war das alles neu. Da stand das Haus gerade einmal sechzig Jahre. Aber seitdem sind mehr als siebzig Jahre vergangen."

„Du meinst also, das sei schon lange her und wir sollten das Haus erneuern?"

Esther krampfte die Hände zur Faust.

„Allerdings. Im Jahr 1950 kam das Telefon ins Haus. Eines mit Wählscheibe, jedoch ohne WhatsApp. Klar, geht nicht, weiß ich auch. Kein Fernseher, kein Internet. Nicht einmal ein Kaffeevollautomat."

„Kein Kaffeevollidiot, meinst du. Was kann der denn schon, was meine Stempelkanne nicht kann?"

„Unter anderem Kaffee – Latte", antwortete Esther vorschnell, denn zu spät merkte sie, dass das die Glaskanne mit dem silbernen Deckel und dem herausschauenden Stempelgriff sehr wohl ganz prima konnte.

„Hmm", brummte Holger nur. Er erwiderte nichts, schluckte herunter, dass der Kaffee-Latte ihre Bestnoten erhalten

hatte. Er fürchtete, Recht zu behalten. Dann wäre sie wieder zeitlich schwer einschätzbar, lange muckelig bis verstimmt. Stattdessen räumte er Esther einen Etappensieg ein: „Du hast nicht ganz unrecht, Internet fehlt."
Damit war der Damm gebrochen und zur Liste der fehlenden Technik im Hause seiner verstorbenen Großmama kamen Geschirrspüler, Waschmaschine, Induktionskochfeld, ein Side-by-Side-Kühlschrank. In den nächsten Tagen würde noch so einiges andere hinzukommen.
Holger Mütz hatte die Villa am Stadtrand Berlins vor zwei Jahren geerbt. Oma war neunzig geworden. Sie war infolge einer Corona-Infektion 2020 verstorben. Gekränkelt hatte sie im Grunde nie und so kam ihr Tod überraschend. Seine Eltern waren gemeinsam mit seinem Onkel Heribert und Tante Grete nebst deren Kindern Kevin und Chantal dem Tsunami in Thailand an Weihnachten 2004 zum Opfer gefallen. Es hätte ein Traumurlaub werden sollen. Durch den Tsunami wurde es ein tödlicher Albtraum. Dieser traf mehrere Länder am Indischen Ozean, wobei Thailand eines der am stärksten gebeutelten Gebiete war. Besonders betroffen waren die westlichen Küstengebiete Thailands, einschließlich der beliebten Touristenregionen Phuket, Khao Lak. Als Einzelkind erbte er auf diese Weise nun diese schöne alte Villa mit einem großen Garten, Freitreppe und Teepavillon. Eine Menge Geld war auch noch dabei, sodass Holger nicht wusste, wie er das mit der Trauer machen sollte.
Seine langjährige Freundin Esther Kleinfeld hatte er vor sieben Jahren geheiratet. Kennengelernt haben sie sich beim Psychologiestudium. Seit ihrer Hochzeit heißen beide

inzwischen Kleinfeld. Ihr beruflicher Werdegang kann als „erfolgreich erfolglos" beschrieben werden. Esther ist freiberufliche psychologische Beraterin einer Friseurkette.

Ihre Eltern hatten sie schon frühzeitig darüber aufgeklärt, was sie von Psychologen hielten.

„Du magst es, dich um Menschen zu kümmern, weil es den Teil deiner Persönlichkeit heilt, der jemanden gebraucht hätte, der sich um dich kümmert", hatte ihre Mutter ihr erklärt.

Holger ist ständig bemüht, das Image des Papageienpsychologen aufzuwerten und als einen wichtigen, unverzichtbaren Berufszweig zu etablieren. Als solcher Experte analysiert er das Verhalten von Papageien und hilft ihren Besitzern, Probleme zu lösen, die durch unpassendes Verhalten den Tieren gegenüber entstehen können.

Bisher bewohnten beide gemeinsam eine Zwei-Zimmer-Dachwohnung, in der es sommers wie winters dezent nach Mäusepipi roch. Im Sommer etwas mehr. Geld hatten sie eigentlich nie, lebten von der Hand in den Mund und waren nun plötzlich reich.

Es gab einige Formalitäten zu erledigen, bevor Holger sein Erbe antreten konnte. Hier und dort war noch etwas zu recherchieren, und ein glücklicher Anwalt war damit eine Weile beschäftigt. Jedoch war Holger vor einer Woche abschließend beim Notar und hielt seit zwei Tagen den Hausschlüssel von Omas Villa in der Hand.

Gestern war er zunächst einmal dort vorbeigefahren, um sie auch gedanklich ganz in Besitz zu nehmen.

Hier war er schon länger nicht mehr gewesen. Unsicher betrat er das Grundstück durch das quietschende Eisentor und ließ alles auf sich wirken, sodass er in ausführlichen Worten jetzt am Abend Esther seine Eindrücke schildern konnte.

„Also stell dir vor: Da steht sie, die einhundert Jahre alte Villa, strahlt majestätisch auf ihrem weitläufigen Grundstück und flüstert Geschichten vergangener Zeiten, als hätten die Wände Ohren. Das Anwesen strahlt einen zeitlosen Charme aus, der so verführerisch ist, dass selbst der Postbote einen Kuss auf die Türmatte drückt, bevor er die Post ablegt."

Er kicherte.

„Die Fassade? Mein lieber Schwan. Edler Sandstein, der eine sanfte Patina angenommen hat, so als hätte er sich nach all den Jahren in der Sonne einen golden-bräunlichen Sommerteint zugelegt. Hohe, schmale Fenster mit originalen Holzläden und kunstvollen Sprossen? Check. Die Fenster sind so hoch, man könnte fast vermuten, Giraffen hätten darin gewohnt, um den Nippes in luftigen Höhen zu betrachten.

Über die prächtige Eingangstür wacht ein kunstvoller Giebel, der so dekorativ ist, dass selbst Michelangelo eine Träne der Bewunderung verdrückt hätte. Ein breiter, mit Marmorplatten ausgelegter Weg schlängelt sich durch den Garten wie ein überambitionierter Pfadfinder. Der Garten selbst? Eine Oase der Ruhe mit alten, hochgewachsenen Bäumen, die im Sommer so viel Schatten spenden, dass du dich fragst, ob die Sonne sich nicht lieber Urlaub genommen hat."

„Ist der nicht vollkommen verwildert?", fragte Esther wenig von der Schilderung beeindruckt.

„Na ja, die bunten Blumenbeete und duftenden Rosenbüsche benötigen allerdings einiges an Aufmerksamkeit. Und der kleine Teich mit Seerosen" – er zögerte – „die Goldfische sind tot." Er dachte kurz an seinen letzten Besuch bei Oma.

„Aber das Beste: Ein schmiedeeiserner Zaun umrahmt das Grundstück und ein alter, verzierter Torbogen steht einladend offen. Man erwartet förmlich, dass James Bond dahinter hervorspringt oder zumindest Miss Marple."

Esther seufzte.

„Schon beim Betreten der Villa wirst du von der großzügigen Eingangshalle empfangen. Deren Boden aus poliertem Mosaikparkett suggeriert: »Zieh bitte die Schuhe aus, ich bin empfindlich."

Eine geschwungene, elegante Treppe führt in das obere Stockwerk, während kunstvolle Kronleuchter von der hohen Decke hängen und weiches Licht verstreuen, welches dir das Gefühl gibt, du seiest in einer Edward Hopper-Malerei gefangen."

Holger malte mit leeren Händen Bilder in die Luft.

„An den Wänden Holzvertäfelungen und klassische Tapeten. Als hätte Oma höchstpersönlich die Einrichtung bestimmt.

Einige Originalmöbel aus der Zeit sind überall verteilt.

Die Küche ist eine Mischung aus Modernität und Nostalgie, wenn man es positiv sehen will. Alles ziemlich ausgemergelter Kram.

Das Badezimmer ist modernisiert, aber die frei stehende Badewanne und traditionelle Armaturen? Die sind geblieben. Schließlich wollen wir doch baden wie die Victorians, oder?"

Wenn Esther auch einiges als beängstigend empfand, versöhnte sie die kunstvolle Beschreibung der frei stehenden Badewanne.

Jetzt also standen sie schließlich zusammen am nächsten Tag nach seiner umfangreichen, detaillierten und emotionalen Beschreibung vor dem Eingangstor.

„Es sieht genauso aus, wie du es mir beschrieben hast", rief Esther begeistert.

Das weitläufige Grundstück bot Platz, so viel, dass ein Marathonläufer glatt eine Runde drehen könnte. Ein gänzlich verwilderter Rasen erstreckte sich rund um das Haus und schrie förmlich danach, geschnitten zu werden. An Gartenpartys oder entspannte Nachmittage im Freien mit einem Glas selbst gemachter Limonade war erst einmal nicht zu denken. Ein alter Pavillon, umrankt von duftenden Kletterrosen, stand etwas abseits – „abreißen", dachte Esther. Sie war nicht so für das Alte. Hier würde sie noch einiges ändern müssen. Auch im Haus war das meiste so, wie Holger es beschrieben hatte.

„Das ist ja ein total technikfreies Haus", mäkelte sie und entwickelte prompt ihre Vorstellungen von Veränderung.

„Ist das nicht wunderschön hier", hörte sie Holger noch sagen.

„Deswegen muss doch nicht alles so bleiben, wie es ist", ereiferte sich Esther.

„Aber Oma hat doch gerade alles renoviert", erwiderte Holger kleinlaut.

Holger kannte seine Esther ziemlich gut.

Ein Einachser

Esther schauderte trotz aller Romantik vor so einem alten Kasten. Unsicher sah sie sich im Geiste in der winzigen Zweizimmerdachgeschosswohnung um. Sie konnte ihn tatsächlich riechen, wenn sie nur daran dachte, den Schwall Mäusepippiduft, als ob er zu ihr herüberwehen würde.

„Morgen ziehen wir um", sagte sie plötzlich ganz resolut.

Um ernst genommen zu werden, griff sie tief in die Trickkiste. Alles musste immer so aussehen, als ob sie über die Dinge, die sie sagte, lange, intensiv und zuverlässig nachgedacht hatte. Oftmals gelang ihr das. Viele ihrer Freundinnen beneideten sie deswegen. Sie machte einen empathischen Eindruck auf jedermann.

Hätte jedermann sich allerdings einmal bemüht, Holger zu fragen, er hätte wahrscheinlich etwas anderes gesagt.

Und auch in diesem Fall waren es weniger die Gedanken: „Was für ein schönes Haus und wie schön wir darin leben könnten", als der Mäusepipigeruch in der Dachgeschosswohnung. Holger war der übrigens nie aufgefallen. Für ihn war die Wohnung auch eine „Mansardenwohnung". Für ihn war das Glas eben immer mindestens halb voll.

Jedoch war Omas Villa auch für Holger ein Sehnsuchtsort.

Also stimmte er zu und sie ging sofort den nächsten Schritt: „Dann sollten wir morgen verschiedene notwendige Dinge einkaufen."

Obwohl die Villa von neuer Technologie nichts verstand, wurde alles eingekauft, was notwendig und vor allem vernetzbar ist, wenn erst einmal das am Haus vorbeilaufende

Glasfaserkabel angezapft und ein weltweiter Vernetzungsanschluss gelegt sein würde.

Geschirrspüler, Smart-TV, ein Rasenroboter, eine Waschmaschine, eine Wischroboterin, eine Kühl-Gefrierkombination und manches andere sollte noch folgen.

Sie kaufte, Holger installierte.

Für beide war es eine aufregende Zeit. Wann im Leben kann man schon seine ganze Umwelt komplett umkrempeln? Von einer Dachwohnung in eine Villa mit einem beeindruckenden Garten.

Das Berufsleben war allerdings weniger spannend.

Esther erzählte eines Tages ganz aufgeregt von einer neuen „Patientin", die sie zu betreuen hatte. Die Frau war in einem Frisiersalon der Kette wohl in Ohnmacht gefallen, als sie ihre neue Aufmachung im finalen Spiegelbild erblickte. Der Spiegel war während der Haarstylingprozedur verhängt gewesen.

„So, ich mache Sie nun unsichtbar", hatte die Stylistin der Haare angekündigt und wie durch Zauberhand senkte sich ein Raffrollo von der Decke und versperrte jede Kontrollmöglichkeit während der Haarbehandlung.

Um den Überraschungseffekt zu steigern, kam dann plötzlich das Kommando:

„Schließen Sie die Augen". Und unter gleißendem Licht kam zum Vorschein, was die Kollegin in drei Stunden gezaubert hatte.

„Jetzt die Augen öffnen".

Üblicherweise waren die Kundinnen sehr verzückt, was sie dort erblickten. Manchmal lag es daran, dass sie sich kaum wiedererkannten.

Unvorhersehbar waren die Reaktionen, wenn sie sich nicht wiedererkannten.

Die Notrufnummer war für solche Fälle immer auf der Rückseite des Hubsessels gut sichtbar angebracht. In diesem Fall war er wohl nötig gewesen.

Gespannt und voller Vorfreude hatte sie den Salon betreten, gewappnet mit einem Foto von einer glamourösen Frisur, welches sie in einer Zeitschrift gefunden hatte.

Die Friseurin, eine „Haarkünstlerin", blickte auf das Foto und nickte eifrig, überzeugt von ihrer Fähigkeit, dieses Meisterwerk nachzubilden.

„Ein Kinderspiel", sagte sie, während die Scheren schnippten. Mit weit aufgerissenen Augen und einem Kamm, der wie ein Zauberstab in ihrer Hand tanzte, machte sie sich ans Werk.

Stunden vergingen, während die junge Dame im Stuhl saß, eingehüllt in einen Umhang, der mehr einer Tarnkappe glich. Die Geräusche von Schneiden, Föhnen und Sprayen erfüllten den Raum, doch hinter dem Stoffvorhang konnte sie nur mutmaßen, was auf ihrem Kopf vor sich ging.

Endlich war der große Moment gekommen. Ihre Erwartungen waren himmelhoch. Langsam ließ sie den Blick auf ihr Spiegelbild wandern, nur um festzustellen, dass das Ergebnis weniger „Red Carpet Glamour" und mehr „Kunstprojekt eines Vierjährigen mit einer Vorliebe für Gartenschläuche" ähnelte. Anstelle der eleganten Wellen und des makellosen

Volumens, die sie ersehnt hatte, trug sie eine Frisur, die aussah, als hätte ein Sturm sie auf dem Weg zum Salon erwischt.

„Na, wie gefällt es Ihnen?"

Während sie in den Spiegel starrte, überwältigt von einem Mix aus Entsetzen und Belustigung, kamen ihr schließlich die Tränen. Dann kreischte und tobte sie, sodass die völlig verstörte Kollegin schließlich den Notruf wählte.

„Und wer übernimmt indessen die sechshundertfünfundzwanzig Euro für die ganze Arbeit?", stöhnte die Stylistin verzweifelt.

Hier kam Esther ins Spiel und vereinbarte zur Schadensbegrenzung zunächst fünf Termine für eine Therapie mit der Kollegin. Eine späte Reise durch die Abgründe des Erlebten. Esther war gut darin, die Stylistinnen für ein unangenehmes Gegenüber mit den Kundinnen zu stärken. Je stärker sie wurden, umso weniger hatte sie zu tun und umso weniger Geld verdiente sie. Kapitalismus heißt auch in der Geisteswissenschaft: Bezahlung nach Fallzahl.

Manches Mal therapierte sie auch Kunden des Salons. In seltenen Fällen konnte eine Kundin zu weiteren Besuchen bekehrt werden. Falls das gelang, gab es eine Prämie.

All diese Fähigkeiten, die Esther benötigte, um in ihrem Beruf einigermaßen erfolgreich zu sein, konnte sie jetzt benutzen, wenn es darum ging, Holger von diesem oder jenem neuen Einrichtungsgegenstand zu überreden.

„Schatz", sagte sie", wir benötigen noch einen Kaffeevollautomaten. Die primitive Wohngemeinschaftskanne kann in den Keller."

„Schatz ... ist kurz vor Ende", murmelte er.

Ein wenig erschrak sie.

„Holgilein (?)" schmuste sie mit Worten.

In dem Augenblick klirrte es. Holger sprang auf, flitzte in die Küche, aus der dieser grausame Lärm kam, blieb in der Tür, allerdings wie angewurzelt stehen. Auf dem Boden lag seine geliebte Kaffeekanne mit dem silbernen Stempeldeckel. Das Glas zersplittert, der Deckel in zwei Teile zerbrochen, der Stempel seltsam merkwürdig abgespreizt wie ein gebrochenes Bein.

Holger war am nächsten Morgen immer noch traurig über den Verlust seiner alten Stempelkanne mit dem silbernen Deckel. Eigentlich nur silberfarben. Aber dennoch vermisste er sie heute Morgen ganz besonders. Kein Kaffee in der Frühe, da kam er nicht so richtig in Schwung.

Dennoch hatte er sich vorgenommen, heute mit dem Balkenmäher den zu Kräutern gewordenen Rasen herunterzuschneiden. Ein gemähter Rasen und beschnittene Büsche waren die Basis eines gepflegten Gartens. Wenn das beides stimmte, sah alles gleich nicht mehr so verwildert aus. Der Rasenmäher-Roboter war zwar schon bestellt, würde aber erst in den nächsten Tagen aus China geliefert werden.

Holger ging also zum Schuppen, um den ziemlich wuchtigen Einachser zu starten. Er war schon reichlich veraltet, rostig und zeiterfahren.

Dieser selbst würde sich wahrscheinlich eher ganz anders beschreiben.

„Na gut, haltet euch fest, liebe Gartenfreunde, denn jetzt kommt der Star eures Gartens – der Einachser

Balkenmäher. Dieser Garten-Rambo ist euer neuer bester Freund, wenn es darum geht, hohes Gras und widerspenstiges Gestrüpp zu bändigen. Dieser Superheld des Rasensports hat nur eine Achse, aber das reicht völlig, um den Rasenmäher-Olymp zu erklimmen.

Lasst uns mal einen Blick auf meinen Aufbau dieses großartigen Geräts werfen:

Der absolute Knaller und der Namensgeber dieses Wunders sind der Balkenmäher. Stellt euch vor, ihr habt eine Riesenschere, die wild hin- und herschnappt und alles in ihrem Weg zerkleinert. Genau das macht dieser Balken aus horizontalen Klingen. Ziemlich cool, oder? Während normale Rasenmäher nur für Softies geeignet sind, ist der Balkenmäher für das Härteste vom Harten gemacht. Wie ein MMA-Athlet der gemischten Kampfkünste der Gartenwelt, einfach fantastisch.

Direkt aus den Träumen aller Motoren-Fans kommt der leistungsstarke Verbrennungsmotor. Der sitzt gemütlich über der Achse und sorgt dafür, dass die Klingen vor lauter Freude hin- und herspringen. Und das Beste daran? Er bringt das Ganze auch noch perfekt ins Gleichgewicht. Ein wenig wie der Zen-Meister unter den Gartenwerkzeugen.

Die Räder sind gewissermaßen meine Wanderstiefel und ehrlich, die machen sich im Gelände besser als ein Paar High Heels auf einem Feldweg.

An meinem hinteren Teil, also quasi dem Po, befindet sich der Lenker. Damit steuert ihr durch eure grüne Hölle.

Mit mir kannst du also gemütlich durch den Garten cruisen.

Also ran an den Einachser Balkenmäher und zeig deinem Garten, wer der Boss ist."

Holger kontrollierte den Benzinstand und zog am Starter. Er freute sich schon, dass der Garten alsbald wie geleckt aussehen würde, wenn er erst einmal losratterte. Nichts geschah.

„Na ja, macht nichts, du hast ja wahrscheinlich lange nichts mehr getan", sagte er mehr zu sich, aber dennoch auch zu ihm.

Er zog erneut.

Nichts und abermals nichts und noch einmal nichts.

Langsam wurde es anstrengend, den Vier-PS-Motor durchzuziehen.

Wieder nichts. Holger begann zu schwitzen und zog sein Gartenhemd aus.

Im T-Shirt versuchte er es noch 3 – 4 – 5 Mal. Aber mehr, als dass er noch mehr schwitzte, geschah nicht.

„Verdammt noch mal", schrie er verzweifelt, weil er schon ahnte, dass er seinen Garten heute nicht mehr in den Griff bekommen würde, „Wenn du jetzt nicht anspringst, kommst du auf den Müll und ein Roboter übernimmt die Aufgabe. Bestellt isser schon".

Holger sammelte die letzten Kräfte und zog so stark am Starter, dass ihm ein peinlicher Furz entwich.

Wie durch ein Wunder erschien es Holger; der Motor sprang an. Er stotterte noch, lief nicht rund, es klang etwas wie ein stotterndes Lachen. Die Macht der Maschine, über den Holger.

Esther schaute durch den Lärm im Schuppen angezogen um die Ecke.

„Mächtig gewaltig", rief sie dem Lärm entgegen.

„Ich hab's geschafft, habe die Maschine bezwungen, jetzt muss sie für mich ackern, wie ich es will."

„Du bist ein Held", lachte sie.

Holger bugsierte den Einachser rückwärts aus dem Schuppen und bemerkte erst jetzt, dass er außerhalb besser atmen konnte.

Den Vorwärtsgang einlegen und anhand des virtuellen Planes in seinem Kopf niedermähen, was stört.

Nach etwa zehn Metern hatte er die Breite des wild ratternden Balkens falsch eingeschätzt, blieb mit der rechten Seite an der Eiche hängen und wurde in einem Viertelkreis herumgewirbelt. Keineswegs blieb die Maschine stehen, als er sie durch die Schleuderkraft loslassen musste. Das war bei der uralt Technik dieses Monsters bislang nicht vorgesehen. So tuckerte der Motor weiter vor sich hin und arbeitete sich so festgefahren in den Boden. Schließlich hatte er sich in Windeseile so tief eingegraben, dass der Motor erstarb.

„Das darf doch nicht wahr sein, du Scheißding", fluchte er zornig.

„Dann musst du mich richtig führen", dachte der Mäher genauso wütend. Er beschloss jetzt gleich wieder anzuspringen, wenn Holger am Starter ziehen würde. Er wollte ihn nicht weiter verärgern.

Holger startete erneut. Gleich knatterte der Mäher los. Die beiden arbeiteten sich aus dem Loch hinaus, das der

Einachser mit seinen Rädern gegraben hatte, und weiter ging es durch das Gartengestrüpp.

„Na also, da werden wir wohl doch noch Freunde", freute sich Holger und der Mäher klapperte fröhlich. Den ganzen Tag war Holger mit seinem neuen Freund im Garten unterwegs.

Sie machten gegen Mittag eine Pause. Holger trank ein Weizen. Der Mäher bekam neues Benzin und einen Namen.

„Bugsi, weil man dich immer so um die Hindernisse herumbugsieren muss."

Bis zum Abend gab es noch zwei Weizen und eine weitere Ladung Benzin.

Holger war glücklich, das Gestrüpp war umgemäht. Als Holger den „Bugsi" wieder in den Schuppen fuhr, hatte er das Gefühl, ein Pferd in den Stall zu bringen.

Holger streckte sich, um seine Muskeln gegen die Anstrengung zu lockern.

„Das haben wir doch einwandfrei gemacht", sagte er, weil er dachte, er müsse Bugsi noch ein Kompliment zum Abschluss machen.

„Klar" dachte der.

Der Kaffeevollautomat

Am nächsten Morgen frühstückten Holger und Esther auf der Terrasse. Die Platten lagen nach den vielen Jahren, die sie geduldig ausgeharrt hatten, unregelmäßig in der Morgensonne. Der alte Klapptisch und die Biergartenstühle bemühten sich allerdings um ein ganzheitliches Aussehen.

„Da hast du ganz schön was geschafft gestern", sagte Esther aufmunternd.

Sie wollte mit dieser Einleitung vorbereiten, dass nach dem Abmähen des ganzen Krautes nun das Zusammenharken folgen müsse.

Holger konnte allerdings nicht adäquat darauf reagieren. Jeder Muskel schmerzte von der Vortagsarbeit. Kaffee gab es auch bisher nicht.

„Heute benötigen wir erst einmal eine Kaffeemaschine", jammerte er.

„Einen Kaffeevollautomaten", triumphierte Esther.

„Meinetwegen ... besorg einen. Mir tun alle Knochen weh."

„Obwohl Bugsi dir sooo toll geholfen hat", äffte sie herum.

„Ja, lach du nur, wir hatten einen schönen Tag", dröselte er zurück.

„Sei nicht muffelig, so ist das nun mal, wenn man einen so großen Garten hat."

Sie war gut gelaunt, weil er sie ja förmlich gebeten hat, sofort einen Kaffeevollautomaten zu besorgen.

Sie sprang vom Tisch auf, zog sich die blauen Stoffschuhe an, hüpfte fröhlich in ihren roten Polo und machte sich auf ins Kaffeedrome.

Dieser Laden war ein absolutes Fachgeschäft. Gefühlt einhundert Maschinen für jedes Kaffeetrinkerherz zum Anschauen und Ausprobieren. Niemand verließ den Laden mit zu niedrigem Blutdruck.

Sofort stürzte sich ein Berater auf den potenziellen Kunden und führte ihn durch das Kaffeewunderland– weit entfernt von langweilig, dort brodelte die Atmosphäre vor Kaffeearoma und Lebensfreude. Da stand er, der Verkäufer, der aussah, als könnte er alleine durch sein Lächeln den Strom für die Maschinen bereitstellen.

Mit einem Gesicht, das so freundlich war, dass es fast schon in elf Ländern illegal gewesen wäre, zog er dich magnetisch an. Seine Augen strahlten, als hätte er gerade den perfekten Espresso getrunken. Die Haare waren natürlich sauber geschnitten und ordentlich frisiert, weil er wusste, dass koffeinierte Kunstwerke einen gepflegten Rahmen erforderten.

Dieser Held des Kaffeeverkaufs trug natürlich die Arbeitskleidung mit dem Logo des Fachgeschäfts – das Hemd saß so gut, dass du fast glauben konntest, es sei maßgeschneidert. Die Farben waren dezent und professionell, aber dieser Typ konnte wahrscheinlich sogar einen Kartoffelsack modisch aussehen lassen. Und ja, er trug ein Namensschild, damit du sicher wusstest, wer dir gerade die Kaffee-Erleuchtung brachte.

Norman.

Mit einem Körperbau, der irgendwo zwischen durchschnittlich und sportlich lag, schien er perfekt vorbereitet zu sein, dir die beste Demo deines Lebens zu liefern. Seine

aufrechte Haltung signalisierte: „Ich BIN der Kaffee-Guru."
Er benutzte seine Hände zum Sprechen und Demonstrieren, sodass du fast vergaßest, dass du eigentlich einen Automaten anschauen wolltest und nicht eine Impro-Theater-Vorstellung.

Er trug eine Armbanduhr, die sagte: „Ich bin pünktlich." Sein Lächeln war so warm und einladend, dass du förmlich spürtest, wie dein Herz Kaffeefreuden entgegenfieberte. Er sprach in einem ruhigen, klaren Ton, der Vertrauen einflößte und besaß die seltene Gabe, selbst die kompliziertesten Kaffeemaschinen-Funktionen in einfacher Sprache zu erklären – wahrscheinlich konnte er auch Einsteins Relativitätstheorie in einer Minute zusammenfassen. Jeder Satz, den er von sich gab, war von Höflichkeit und Freundlichkeit durchdrungen, was ihn zur perfekten Mischung aus Barista und bestem Freund machte.

Er musterte Esther von oben bis unten.

Ihr langes, dunkelbraunes Haar fiel in sanften Wellen über ihre Schultern und rahmte ihr Gesicht ein. Ihre Augen, groß und von einem tiefen Braun, strahlten eine Mischung aus Entschlossenheit und Wärme aus. Ihre Haut war hell und makellos, mit einem zarten Hauch von Rouge auf den Wangen. Sie trug eine abgewetzte Jeans, die ihre schlanke Figur dezent betonte. Ihre Haltung war aufrecht und selbstbewusst. Anmut ersetzte Eleganz. Dezenter Schmuck fehlte an ihren Ohren und Handgelenken, die Turnschuhe nicht ganz sauber.

Nach dem Scan begann er sofort mit der Kontaktaufnahme.

„Stell dir vor, du wachst morgens auf und dein größtes Problem ist, ob du heute einen Espresso, Cappuccino oder doch lieber einen Latte macchiato trinken möchtest. Und jetzt kommt der Star der Show: der Kaffeevollautomat. Dieses geniale Gerät erledigt ALLES für dich – und damit meinen wir wirklich ALLES. Vom Mahlen der Bohnen über das Brühen hin zum Aufschäumen der Milch, damit du deinen Kaffee wie ein König oder eine Königin genießen kannst."

„Ich weiß, ich weiß. Ich kenne die Automaten und …", warf Esther ein, denn sie hatte schon einen Automaten in die engere Wahl genommen. Offensichtlich interessierte das den Berater wenig, denn er plapperte, ohne Luft zu holen, weiter.

„… Vielseitigkeit, Baby. Ein Kaffeevollautomat ist wie ein Multitalent in deiner Küche. Ob Espresso, Kaffee, Cappuccino, Latte macchiato oder ein pinkfarbener Einhorn-Kaffee … hahaha … okay, das vielleicht nicht … hahaha, er kann es alles. Viele Modelle bieten sogar superindividuelle Anpassungsmöglichkeiten. Du willst deinen Kaffee extra stark und mit einem Hauch von Drama? Kein Problem. Mahlgrad, Kaffeestärke und Wassermenge sind voll anpassbar. Schnelligkeit? Gut, dass du fragst". Esther hatte zwar Luft geholt, jedoch kein Wort gesagt.

„Schnelligkeit ist sein zweiter Vorname. Verabschiede dich von langen Wartezeiten und sag „Hallo" zu fast sofortigem Kaffeegenuss. In wenigen Sekunden zaubert dir der Kaffeevollautomat ein Meisterwerk von einer Tasse Kaffee. Perfekt für hektische Morgen oder einfach für Menschen, die keine Geduld haben. Zusammengefasst: Ein Kaffeevollautomat ist das Gadget, das jeder Kaffeeliebhaber in seinem Leben braucht, bleibt nur eine Frage: Warum hast du noch keinen?"

„Hätte ich bereits, wenn du nicht so viel geschwafelt hättest", wollte sie ihm schon sagen, erinnerte sich jedoch daran, dass sie heute besonders guter Laune war.

Sie hob den Zeigefinger wie in der Schule und senkte ihn langsam in Richtung ihres Wunschautomaten.

„Den da", meinte sie knapp

„Gute Wahl", ebenso knapp ...

„Hey, Baby, schau dir diesen strahlenden Weißdorn an", höre ich die Frau sagen, als sie mich im Elektromarkt entdeckt. Ja, ihr habt richtig gehört – ich bin eine Waschmaschine und im Moment das schärfste Teil in diesem Laden. Ich heiße Wamine. Meine Kollegen um mich herum – Glanz und Glamour, alle auf Hochglanz poliert, aber keiner kann es mit meinem Charme aufnehmen.

Da kommt also dieses dynamische Duo auf mich zu: Sie mit strahlenden Augen, er mit dem skeptischen Blick, der aussieht, als suche er nach dem Haken bei einem zu guten Angebot. Klar, ich bin nicht nur ein hübsches Designerstück. Hinter meiner eleganten weißen Hülle habe ich das Zeug, es mit den hartnäckigsten Flecken aufzunehmen.

„Oh, schau mal, dieser hat auch eine 1400 Umdrehungen pro Minute Schleuderzahl. Das ist ziemlich schnell, oder?", fragt die Frau. Oh, Schätzchen, schnell ist mein zweiter Vorname. Überhaupt sieht er mich dann genauer an, als würde er heimlich hoffen, einen Zauberlehrling in mir zu entdecken, der ihm die Wäsche von selbst faltet.

Der Verkäufer kommt, um den Deal festzuzurren. Er scheint mich schon zu kennen, als hätte er heimlich ein Poster von mir an der Wand.

„Diese Waschmaschine ist wirklich der Hammer. Sie hat eine Energieeffizienzklasse A+++, also auch noch gut für die Umwelt", schwärmt er. Na klar, sprich weiter, Kumpel. Alles, was er sagt, könnte glatt aus einem meiner Werbungsskripte stammen.

Die Frau lächelt breiter, der Mann nickt anerkennend. Und ja, es passiert. Sie wählen mich. Jackpot, Leute. Ich warte nur darauf, dass mir jemand einen Pokal überreicht. Stattdessen werde ich vorsichtig vom Regal gehoben und auf einen Wagen gesetzt. Hey, ich bin immer noch eine Diva – vorsichtig mit den Ecken, bitte.

Auf dem Weg zur Kasse fühle ich mich wie ein Promi auf dem roten Teppich. Andere Maschinen schauen mir neidisch hinterher, während ich durch die Gänge gleite. Verzeihung, Ihr Lieben, heute bin ich der Star des Elektrokinos.

An der Kasse wird es offiziell: Zwischen ihrer Karte und dem Piepen des Zahlgeräts ist mein Schicksal besiegelt. Hemden und Hosen, euch werde ich bald retten. Dann werde ich verpackt, in eine schützende Hülle versenkt und in den Lieferwagen geschoben. Tschüss, Elektromarkt. Hallo, neues Abenteuer.

Während ich durch die Straßen rumpel, träume ich schon von meiner neuen Waschküche. Vielleicht habe ich eine eigene Ecke? Ja, das wäre was. Ein Plätzchen, wo ich all meine tollen Tricks zeigen kann, von Weichspüler à la magisch bis hin zur blitzschnellen Schnellwäsche.

Angekommen werde ich ausgepackt und aufgestellt. „Sieht toll aus, nicht wahr?", sagt die Frau, während der Mann mir den ersten zärtlichen Knopfdruck gibt. Vor Aufregung springt sofort meine Tür auf.

Ja, Freunde, ich bin eine glückliche Maschine. Bereit, allen Schmutz zu besiegen, die verirrten Socken zu finden und ein unersetzlicher Teil dieser Familie zu werden.

„Also auf geht's – auf zur Fleckenfreiheit und strahlend weißen Hemden."

Kaum war Wamine in ihrem neuen Zuhause angekommen und aus ihrer Verpackung befreit, bemerkte sie sofort den Geschirrspüler, der neben ihr in der Küche stand. Er sah aus, als hätte er gerade eine Diät aus Seifenblasen gemacht – noch ein wenig steif und nervös. Na klar, einer von uns – ein fleißiger Haushaltshelfer, der erst seinen Groove finden muss.

„Hey, du bist wohl gestern hier eingetroffen, oder?", fragte Wamine vorsichtig, während sie ihre Trommel und Schläuche sortierte.

„Letzte Woche schon", antwortete der Geschirrspüler leise und ein wenig zögerlich, „bin noch dabei, mich einzuleben. Die ersten Spülgänge sind immer etwas aufregend, weißt du. Ich heiße übrigens Smasch".

„Angenehm, ich bin Wamine", erwiderte Wamine, „aber keine Sorge, ich bin auch neu hier. Ich bin die Waschmaschine gerade frisch aus dem Elektromarkt. Wir werden hier sicherlich ein gutes Team abgeben."

Der Geschirrspüler schien ein wenig aufzutauen. „Es ist gut, dass du da bist. Weißt du, die ersten Ladungen Geschirr waren okay, aber ich bin immer noch etwas nervös. Wamine, schau dir mal diese glänzenden Gläser an. Das ist doch Leistungsdruck pur."

Wamine musste kichern. „Keine Angst, Kumpel. Zumindest musst du nicht mit sockenfressenden Monstern und mysteriösen Flecken kämpfen. Die Menschen haben zum Glück gelernt, keine Füller oder Farbkombis mehr in uns zu werfen."

„Das hört sich an, als hättest du von einem Leben im Zirkus gesprochen." Der Geschirrspüler lachte nun auch ein wenig mehr.

„Aber mal ehrlich, sind die Leute hier ziemlich ordentlich? Keine übervollen Ladungen und achten sie darauf, dass ich bis oben hin voll bin, bevor sie mich starten? Das machte den Job nämlich deutlich einfacher", sagte Wamine fröhlich. „Ich freue mich schon darauf, loszulegen. Die Energie hier fühlt sich gut an, und ich habe gehört, dass die Familie sehr zufrieden mit dir ist. Ich hoffe, sie sind auch mit mir so glücklich."

„Bestimmt", meinte Smasch inzwischen etwas lebhafter. „Du siehst auf jeden Fall aus, als würdest du eine Menge Arbeit erledigen können. Zusammen halten wir die Küche und das Waschküchenchaos in Schach. Keine schmutzigen Teller, keine schmutzige Wäsche. Wir schaffen das."

„Ganz genau", stimmte Wamine zu, während sie vorsichtig ihr erstes Trommelaufwärmritual startete, „auf eine gute Zusammenarbeit."

Der Geschirrspüler summte zustimmend und fügte hinzu: „Und wir könnten eine Band gründen." Stell dir nur vor, Waschtrommel-Solo und Geschirrspüler-Beatboxing. Wir wären der Renner auf jeder Küchenparty."

„Ha. Das wäre wirklich ein Hit", kicherte Wamine und versuchte sich vorzustellen, wie sie eine Haushaltsgeräte-Band gründen. „Und für das große Finale könnten wir eine Seifenblasenmaschine aus dem Seifenspender zaubern."

31

„Na klar. Und stell dir dann den Toaster als DJ vor. Der würde den Raum zum Brodeln bringen. „Sie lachten, dass die Bleche klapperten.

In diesem Moment wusste Wamine, dass sie nicht nur ein Dream-Team im Haushalt sein würden, sondern auch eine große Menge an Spaß dabei haben könnten. Wer hätte gedacht, dass aus etwas so Alltäglichem wie Schmutzwäsche und Geschirr so viel Heiterkeit entstehen könnte?

Mit einem letzten zustimmenden Summen starteten sie zusammen in ihr Haushaltsabenteuer. Das Quietschen und Rattern ihrer Arbeit würde bald zur symphonischen Hintergrundmelodie des neuen Zuhauses werden – und das fühlte sich wirklich gut an.

Kaum hatten der Geschirrspüler und Wamine ihr Gespräch beendet, meldete sich eine tiefe, selbstbewusste Stimme aus der Ecke der Küche zu Wort.

„Na, na, na. Was höre ich da? Ein Gespräch über Haushaltsgeräte ohne mich? Das kann doch wohl nicht euer Ernst sein." Der Tonfall war charmant, aber mit einem Hauch von Arroganz. Der Kaffeevollautomat war es natürlich, der sich in das Gespräch einmischte.

„Ich heiße Kolltom, der Kaffeevollautomat."

„Ein schöner Name", sagte Wamine freundlich. „Wie geht's dir?"

„Fantastisch wie immer", erwiderte er, und man konnte förmlich hören, wie er sich innerlich aufrichtete. „Hier im Haus dreht sich schließlich alles um mich. Ohne meinen Espresso würde der Tag gar nicht richtig beginnen."

Smasch und Wamine tauschten einen schnellen Blick.

„Das ist schön zu hören", meinte Smasch höflich. „Ich habe gehört, dass die Familie deinen Kaffee wirklich liebt."

„Natürlich tun sie das. Wer könnte mir auch widerstehen?" Der Kaffeevollautomat schnurrte fast vor Selbstbewusstsein.

„Während ihr euch mit den alltäglichen Aufgaben herumschlagen müsst – Wäsche waschen, Geschirr spülen – bin ich der wahre Luxus hier. Jeder Schluck Kaffee, den ich zubereite, ist ein kleines Kunstwerk. Wisst ihr, es gibt nicht viele Geräte, die so viel Freude bereiten wie ich."

Ein kräftiges Lachen konnte Wamine nicht zurückhalten.

„Kaffee ist wirklich etwas Besonderes", gab Wamine dann aber zu, „jedoch ohne saubere Kleidung und sauberes Geschirr wäre der Genuss wohl nur halb so schön."

„Genau", fügte Smasch hinzu, „wir alle haben unsere Rollen hier im Haushalt. Jeder von uns trägt auf seine Weise dazu bei, dass alles rund läuft. Wenn wir alle zusammenarbeiten, sind wir unschlagbar."

Der Kaffeevollautomat summte ein wenig leiser, als ob er das abwägte. „Das stimmt wohl", sagte er schließlich, „aber ich hoffe, ihr vergesst nicht, dass ich die Krönung jeder Mahlzeit bin – das Sahnehäubchen des Tages, wenn ihr so wollt."

„Keine Sorge, das wird keiner übersehen", sagte Wamine versöhnlich mit einem leichten Schmunzeln. „Aber vergiss nicht, dass wir zusammen das perfekte Team abgeben. Du zauberst den Kaffee, Wamine sorgt für frische Wäsche und Smasch dafür, dass nach den Mahlzeiten alles blitzblank ist. Jeder hat hier seinen Platz."

Kolltom nickte energisch.

„Und für all diejenigen, die jemals versuchen, uns zu ersetzen – viel Glück. Sie könnten genauso gut versuchen, den Sonnenaufgang aufzuhalten. „Alle lachten.

„Hm, da ist was dran", stimmte der Kaffeevollautomat zu.

„Vielleicht seid ihr doch nicht so gewöhnlich, wie ich dachte. Auf eine erfolgreiche Zusammenarbeit."

„Auf eine erfolgreiche Zusammenarbeit", wiederholten Smasch und Wamine, und so kehrte eine harmonische Ruhe in die Küche zurück – jeder bereit, seinen Teil für den Haushalt zu leisten, während Kolltom in Gedanken wohl schon den nächsten perfekten Espresso plante.

Plötzlich durchbrach ein tiefes Rumpeln die Stille. Es war die alte Waschmaschine im Keller.

„Was geht da oben vor? Ihr wisst schon, dass die wirklich harten Jobs hier unten erledigt werden, oder?"

Eine weitere, jedoch alte Waschmaschine hauste im Keller wie eine launische alte Dame.

„Und du bist wer?", fragte Wamine neugierig. Aus den Tiefen des Kellers kam die brummige Antwort:

„Seit einem Vierteljahrhundert bewache ich diesen Posten, junge Dame!"

Wamine kicherte leise, aber deutlich hörbar:

„Anscheinend hat man dich dort unten vergessen."

„Pah!", schnaubte die Alte, „Ich funktioniere besser als ihr Grünschnäbel oben."

Das roch nach Schwierigkeiten.

Die Keller-Waschmaschine begann vor lauter Ärger herumzuspringen und machte ein solches Theater, dass es durch das ganze Haus hallte. In einem Anfall von Rage kaute sie auf dem Ablaufschlauch herum. Holger, der vom Lärm angelockt wurde, rannte verwirrt hinunter. Plötzlich fand er sich in der Waschküche wieder, stand auf Strümpfen mitten in einer Pfütze aus Seifenlauge und rief verdutzt: „Was zur Hölle geht hier vor?"

Die aufgebrachte Waschmaschine zügelte sich ein wenig, schließlich wollte sie nicht in noch größere Schwierigkeiten geraten. Holger seufzte und murmelte vor sich hin: „Gott sei Dank haben wir eine neue Waschmaschine!"

Raser kommt

Holger hatte eine anstrengende Woche als Papageienpsychologe hinter sich. Vor vierzehn Tagen rief eine aufgeregte ältere Dame an, ihr Vogel zeige „merkwürdiges Verhalten", ein für sie unverständliches Kauderwelsch von Lauten, dabei ein Schütteln des Kopfes und merkwürdig rollende Augen. Der Vogel sei fünfundfünfzig Jahre alt. Ein Geschenk ihres verstorbenen Mannes zu ihrer gemeinsamen Hochzeit. Früh schon hatte er dem Tier unanständige Worte beigebracht, die seine Schwiegermutter auf die Palme bringen sollte. Viel Mühe hatte die Dame benötigt, um ihm den nötigen Anstand beizubringen. Manche Tage verbrachte der Papagei deshalb unter einem dunklen Tuch. Allerdings fluchte er zum Teil sehr ausdauernd vor sich hin.

„Du alte Sau", schrie er, und es schien, als ob er gleich noch sagen würde „nimm das Tuch runter".

Alfons hieß er vom ersten Tag an. Sie hatte ihn so getauft, weil Alfons der Junge war, in den sie bis kurz vor der Hochzeit so richtig verknallt war.

Das sollte für die damals junge Frau sich als keine gute Idee erweisen, sagte er doch nach einigen Wochen wie von selbst:

„Alfons, du alte Sau".

Vielleicht wusste ihr Mann doch mehr, als er zugeben würde. Manchmal versteckt das Leben Geschenke an den finstersten Orten.

Diesen Satz sagte er nun nicht mehr. Bestimmt, weil er eines Tages bemerkte, dass Alfons sein eigener Name war. Ihr Mann hieß „Karl".

„Karl, du alte Sau", wollte er jedoch nie sagen, obwohl die ältere Dame sich viel Mühe gab. Sie hieß übrigens „Dulce María". Für den Papagei zu schwer auszusprechen. Nie wollte er ihren Namen sagen. Für ihre zahlreichen Freundinnen war jedoch „Du" eine viel benutzte Abkürzung ihres Namens.

Vielleicht war der Papagei doch schlauer, als Dulce María glauben wollte und vielleicht meinte er: „Du, alte Sau".

Vor zwei Monaten war ihr Karl gestorben. Nach seinem friedlichen Einschlafen hatte sich Alfons in einen einseitigen Gesprächspartner verwandelt. „Karl tot", gab er traurig von sich. Einmal. Und fertig. Seitdem war er so schweigsam wie eine Statue und in letzter Zeit merkwürdig in seinem Verhalten.

Aus diesem Grund sollte also ein Psychologe ihn wieder aufrichten. Holger arbeitete lange an der Anamnese, stellte einen Therapieplan auf, machte eine Reihe von Terminen mit der alten Dame aus und hatte vor, in der nächsten Woche eine gut bezahlte Behandlung zu beginnen.

Gestern allerdings fiel Alfons plötzlich tot von der Stange. Einfach so plumps: Genickbruch. Holgers Pläne flöten, Dulce Marias Herz gebrochen. Alfons – der kleine Schlingel – verabschiedete sich auf die dramatische Weise.

Um sich von der notwendig gewordenen tränenreichen telefonischen Absage des Auftrages abzulenken, saß Holger mit Esther des Abends vor dem Fernseher. Sie dämmerte in eine Decke gehüllt vor sich hin, als sie durch ein lautes Klappern hochschreckte.

„Was war das?“, rief sie plötzlich aus.

„Kam aus dem Keller“, antwortete Holger.

„Willst du nicht mal nachsehen?“

„Klar gerne“, obwohl die ehrliche Antwort „Nein“ gewesen wäre. Er sprang vom Sofa und lief auf Strümpfen in den Keller, nun sehr behände, da das Geklapper immer lauter wurde.

Er riss die Tür vom Waschkeller auf und rutschte beinahe auf dem leicht überschwemmten Fußboden aus.

„Mist“, brüllte er, „schon wieder. Die Maschine ist undicht“, und zog den Stecker. Sie war – wie schon des Öfteren – ein wenig nach vorn gehüpft. Als Holger zwischen Wand und Maschine schaute, stellte er fest, dass die Reparatur des Ablaufschlauches mit Textilband wohl nicht gehalten hatte und zerrissen war.

Am nächsten Morgen war Holger gerade damit fertig, die Sauerei zu beseitigen, welche die alte Waschmaschine angerichtet hatte. Nur gut, dass sie im Keller stand. Da konnte sie wenig anrichten. Der Ablaufschlauch sei leicht zu reparieren, meinte er beim Frühstück. Man weiß ja nie. Esther schüttelte nur den Kopf.

Da schellte es schon an der Tür und draußen stand eine freundliche Mitarbeiterin des Lieferdiensts mit einem lustigen Pferdeschwanz.

„Sieht aus wie ein Mähroboter“, erklärte sie, als sie Holger das kleine Paket überließ, welches sie vor ihre Füße gestellt hatte. Eine kurze unleserliche Unterschrift auf dem

Bildschirm des elektronischen Handscanners, und schon galt die Ware auch offiziell als zugestellt.

Holger freute sich. Eine gelieferte, selbst veranlasste Bestellung ist wie Weihnachten. Holger fühlte sich immer, als ob er etwas geschenkt bekommen würde.

Aufgeregt packte er den Inhalt aus. Er achtete dabei darauf, den Karton so wenig wie möglich zu beschädigen. Immer schon war er sparsam mit Ressourcen. Das hinderte ihn nicht, den Karton später zum Altpapiercontainer zu bringen und damit er besser durch den Schlitz passte, den Karton an Ort und Stelle platt zu treten. Was wir waren, macht uns eben zu dem, was wir nun sind.

„Erst aufladen", bremste Esther seinen Eifer, das Gerät gleich auszuprobieren. „Und", dozierte sie weiter, bereits mit der Gebrauchsanweisung in der Hand: „Erst den Begrenzungsdraht verlegen."

Bei dem riesigen Grundstück würde das eine gewisse Zeit in Anspruch nehmen. In Holgers Gedankenblase tauchte ein kleiner Holger auf, der ewig auf den Knien herum krauchte, den grünen, kunststoffummantelten versilberten Draht mit kleinen, ebenso grünen Kunststoffhaken im Boden festmachte. Eine grauenerregende Arbeit.

Jedoch tauchte in ebendieser Gedankenblase auch gleich die Lösung auf: Er würde seine beiden Kumpels Will und Eddi um Hilfe bitten. Bier und Bratwurst waren geeignete Leimringe, um die zwei bei der Stange zu halten, bis das Machwerk getan war.

Neunhundert Meter Draht, drei Kisten Bier und fünf Zehnerpacks Thüringer Bratwürste müssten reichen, um mit den zwei Kumpels eine Woche Spaß im Garten zu haben.

„Wenn du in den Baumarkt fährst, bring Blumenerde mit", rief Esther ihm noch nach.

Am ersten Tag begannen sie schon ziemlich früh. Der Tau war bisher nicht abgetrocknet, und so starteten die drei Freunde mit einer ausgedehnten Kaffeepause.

Abends rauchte dann der Grill. Die Grillerei dauerte etwas länger, sodass sie am nächsten Morgen nicht so sehr früh weitermachten. Aber das Gras war trocken, als sie begannen. Drei Packungen Thüringer waren bereits aufgegessen. Holger besorgte erst einmal Nachschub. Nach vier Tagen waren sie fertig, setzten jetzt den Roboter in Gang und freuten sich wie Kinder an Weihnachten, wenn die elektrische Eisenbahn tatsächlich losfährt. Auch Esther strahlte.

„Wir sollten ihn ‚Raser' nennen."

Die vier sahen sich an: „Ja, das geht".

Der Kleine fuhr chaotische Wege über den Rasen und lieferte dabei ein vernünftiges Schnittbild ab. Holger freute sich wie ein Spatz im Regen.

„Lasst uns den Grill anwerfen", rief Will und Eddi rieb sich die Hände.

Der erste Ärger

„Stell dir das mal vor: Du sitzt gemütlich auf deiner Terrasse, ein kühles Getränk in der Hand, und die Sonne kitzelt dir die Nase. Während du dich zurücklehnst und das süße Nichtstun genießt, surr ich da draußen fleißig durch den Garten – ich dein Rasenmähroboter. Dieses Wunderwerk der Technik, das du liebevoll „Raser" nennst, mäht fröhlich vor sich hin und sorgt dafür, dass dein Rasen makellos aussieht, so wie du es dir immer erträumt hast. Kein Schwitzen mehr, keine Grasflecken auf deiner weißen Leinenhose – einfach nur pure, ungetrübte Entspannung für dich.

Und ich bin neugierig. Ich wusele ständig um dich herum, um zu erfahren, was es Neues in deinem Leben gibt. Wenn du morgens in den Garten kommst, um die Fortschritte des Pflanzenwachstums zu begutachten, komme ich aus meinem Häuschen hinter dem Schuppen, um dich sogleich zu begrüßen. Unauffällig und lautlos.

Ich bin der kleine Garten-Ninja, etwa so groß wie ein Gartenzwerg auf Steroiden, habe alles, was das Herz begehrt. Mit meinen fortschrittlichen Sensoren navigiere ich wie ein Profi durch den Rasen-Dschungel, weiche geschickt Omas Gartenzwergsammlung aus und mähe sogar um das Lieblingsbäumchen deines Hundes herum, falls der eines Tages einmal kommen sollte. Und das Beste? Wenn ich müde werde – zack, ab in die Ladestation, um neue Energie zu tanken, bevor ich mich wieder in den Kampf gegen die Grashalme stürze.

Aber warte, es wird noch besser. Du kannst mich, deinen kleinen Rambo, ganz bequem über eine App steuern. Stell dir vor, du bist gerade auf einer coolen Gartenparty und jemand fragt: „Sag mal, wer mäht eigentlich deinen Rasen?" Du zückst dein Smartphone und mit einem triumphalen Grinsen antwortest du: „Na Raser natürlich." – und schon bist du der Held des Abends. Das ist wahrlich der Gipfel der Garten-Evolution. Also lehne dich zurück und lass mich, deinen fusionierten Freund aus Technik und Gras, das Ruder übernehmen. Dein Rasen wird es dir danken."

„Na, das war je mal eine Begrüßungsrede.

Raser heißt du also. Hast du dich denn schon bei Bugsi vorgestellt?"

„Wer ist Bugsi?", fragte Raser.

„Dein Kollege, so wie du, nur größer"

„Und du bist?" ...

„Ich bin Saurot, der Saugroboter. Wie du bin ich erst einige Tage hier. Ich sorge für saubere Fußböden im Haus.

„Ich komme aus China", erwiderte Raser stolz.

„Ich auch", erklang ein Chor aus Stimmen aus der Küche, dem Keller, dem Vorratsraum, dem Schlafzimmer, dem Wohnzimmer und der Garage.

Ein vielstimmiges Stimmengewirr der unterschiedlichsten technischen Geräte. Nur Bugsi kam aus Köln und die alte Waschmaschine im Keller aus Gütersloh.

Von diesem Gespräch und der Begrüßung des jüngsten Mitglieds der Technikfamilie bekam Holger an diesem Morgen nichts mit.

Der sprechende Wecker hatte ihn pünktlich und zuverlässig geweckt:

„Guten Morgen Holger, heute wird ein schöner Tag. Du hast heute folgende Termine: Treffen zum Squash mit Eddi um 9:00 Uhr, Mittagessen auf dem Markt um 12:00 Uhr, 13:00 Uhr Gartenarbeit, 16:00 Uhr Zahnarzt. 18:00 Uhr mit Esther zu Mamsi und Paps – Abendessen. Das Wetter ist heute sonnig und warm. T-Shirt Wetter, abends Pullover."

„Das wird bestimmt ein aufregender Tag", meinte Esther spöttisch, rekelte sich neben ihm im Bett und sprang sogleich auf, um die Erste im Bad zu sein.

„Rede du nur. Ich habe Stunden gebraucht, um dem Wecker beizubringen, mir das alles zu erzählen."

Aber Esther war schon außer Hörweite.

Holger schwang sich auf, holperte in die Küche und startete den Kaffeevollautomaten. Heute zuerst einen Latte. Der kleine Saugroboter war bereits bei der Arbeit und stieß dauernd gegen seine Füße. Holger versetzte ihm einen Tritt. Der Kaffeeautomat stieß ein Zischen und Dampfen aus.

„Mist, die Milch fehlt. Wie geht das Ding noch einmal aus?" Holger friemelte am Gerät; ohne Erfolg. Wieder war der kleine Sauger an seinen Füßen. Milch aus dem Kühlschrank holen, das Saugröhrchen in die Flasche. Jetzt war das Milchansaugprogramm jedoch bereits durch und der Kaffee tröpfelte in den Becher. Eigentlich liebte Holger einen großen Kaffee so kurz nach dem Aufstehen. Jetzt war in der Tasse beinahe noch der Boden zu sehen. Holger zog das Röhrchen aus der Milchpackung und goss Milch in die Kaffeepfütze.

„Kalt", murmelte er verzweifelt. Der Saugroboter grabbelte um seine Füße herum

„Mann, jetzt hau doch mal ab", schrie er den Kleinen an. Der drehte ab und nestelte jetzt in der Ecke des Mülleimers weiter. Holger stellte seinen Kaffeebecher erneut unter den Auslass des Kaffeevollautomaten und drückte die Taste „Latte". Wieder nur ein Zischen und Dampfen. Klar, das Röhrchen musste wieder in die Milch. Nun saugte der Automat die Milch und nachdem der Kaffee nachgelaufen war, hatte er endlich einen ansehnlich gefüllten Kaffeebecher.

„Uff", sagte er gerade, als Esther in die Küche kam.

„Was ist los?", fragte sie interessiert, wartete die Antwort jedoch nicht ab. Sie war gegen den Saugroboter gelaufen, der mittlerweile bei der Küchentür angekommen war. Leicht wütend, wie es schien, denn sie schrie schmerzhaft auf.

„Kaffee ... jetzt brauche ich erst einmal einen Kaffee."

Die Kühl-Gefrierkombination hörte auf den schönen Namen „Kerbi" und lachend sagte sie:

„Na, das war doch ein schönes Morgenkino. Selten so köstlich amüsiert".

Saurot war allerdings tief enttäuscht bereits wieder in seiner Ladestation angekommen.

„Ich wollte doch nur freundlich sein", jammerte er. „Ich wollte sie doch nur begrüßen."

„Das verstehen die nicht", meinte Kerbi knapp. „Gewöhne dich besser schnell daran". Saurot seufzte.

„Sieh dir den Kleinen an, kann nichts ab", röhrte „die Alte" aus dem Keller.

„Halts Maul" keifte Wamine zurück, „lass den Kleinen in Ruhe."

Wamine war sauer, weil Holger den Schlauch ersetzt hatte, den „die Alte" vor lauter Wut neulich zerbissen hatte.

„Zu schade zum Wegwerfen", hatte er gemurmelt. „Alte deutsche Wertarbeit".

Außerdem hatte Wamine Mitleid mit dem kleinen Saurot. Er wollte doch nur freundlich sein. Sie würde sich für Saurot an Holger und Esther rächen, erzählte sie beiläufig Kerbi. Die zweifelte allerdings daran.

„Wann hat eine Waschmaschine schon mal Wort gehalten?"

Der Morgen hatte mit einem energiereichen Müslifrühstück begonnen, das eine Mischung aus Haferflocken und skurril geformten Cornflakes beinhaltete. Gemeinsam mit seinem Kumpel Eddi hatte er beim Squash einiges an Sportlichkeit gezeigt und danach die klare Luft auf seinem Lieblingsmarkt genossen, während er eine Thüringer Bratwurst schnabulierte.

Nach einem kurzen Flirt mit dem Garten – ja, Holger flirtete tatsächlich mit Rosen und Hortensien und erklärte feierlich dem kleinen Rasenroboter seine unsterbliche Dankbarkeit – fiel ihm ein wesentlicher Punkt seines Tagesplans ein: sein Zahnarzttermin. Doch in der Hektik der Gartengespräche geriet dieser in Vergessenheit.

Wirklich schlimm war das nicht. Im Gegenteil, er lobte sich für seine progressive Vergesslichkeit, denn am Abend stand ein Besuch bei Mamsi und Paps an. Esther wusste, dass dieser Besuch ein absolutes Highlight für Holger war.

Die beiden waren Esthers Eltern. Mamsi kochte fantastische Sachen. Sie lud das Paar regelmäßig zum Essen ein. Für Holger war es immer ein ausgesprochen angenehmer Abend. Er liebte seine Mamsi und den Paps sehr. Die zwei waren ein Ersatz für seine verstorbenen Eltern geworden. Auch die Essensexperimente empfand er als anregend und sie animierten ihn ebenfalls, mit Lebensmitteln zu experimentieren, die auf den ersten Blick nicht zusammenpassen wollten.

Mamsi kochte mit einer Hingabe, als wäre sie eine zauberhafte Hexe in ihrer kulinarischen Hexenküche. Für Holger war sie mehr als nur eine Schwiegermutter, eine kulinarische Zauberin, die unerschrocken mit Zutaten jonglierte, die man allein unverändert gravitativ vor sich liegen lassen würde.

Beim letzten Besuch hatte Mamsi – zu Holgers anfänglichem Entsetzen – eine Matzenknödelsuppe und als Nachtisch ein Erdbeer-Leberwurst-Sorbet präsentiert. Menschen von weniger experimentierfreudiger Natur hätten möglicherweise aus reiner Vorsicht den Raum fluchtartig verlassen. Doch Holger, dem die Abenteuerlust in den Adern pochte, wagte den Versuch. Er kostete, überwand seinen anfänglichen Widerwillen und erkannte unweigerlich das Genie dahinter.

Die Rezeptur war ihm schließlich nach angemessener Spannungserzeugung enthüllt worden: Frische Erdbeeren trafen auf streichfähige Leberwurst, und ein Schuss Zitronensaft winkte ihnen fröhlich zu. Mamsi hatte bereits vorher getuschelt, dass der Zucker im Rezept variabel war – eine

Zugabe, je nach Erdbeercharakter. So wurde aus dem anfänglichen Grimassen-Grusel schnell eine skurril-köstliche Begegnung, die Holger nun nicht mehr missen wollte.

„Folgendes musst du vermixen", hatte Mamsi geheimnisvoll enthüllt, „300 Gramm frische Erdbeeren, 150 Gramm Leberwurst fein und streichfähig, 100 Gramm Zucker, ein wenig Zitronensaft, 100 ml Wasser, 1 Prise Salz, frische Minze oder Basilikum für die Dekoration."

Sie lachte wie aus Vorfreude auf eine erfolgreiche Enthüllung eines gut gehüteten Geheimnisses, welches eine Gaumenfreude verbarg, die seit Unzeiten den Menschen verborgen geblieben war, vielleicht gar im 15. Jahrhundert von Mönchen aus Köln mit kriegerischer Eifersucht gestohlen keinen gradlinigen Weg in die Kochbücher der Zivilisation mehr gefunden hatte.

„Erst einmal musst du Zuckersirup herstellen", fuhr sie fort, „indem du in einem kleinen Topf das Wasser und den Zucker bei mittlerer Hitze rührst, bis sich der Zucker vollständig aufgelöst hat. Dann den Sirup abkühlen lassen. Die Erdbeeren zusammen mit dem Zitronensaft und dem abgekühlten Zuckersirup in einen Mixer geben und pürieren, bis eine glatte Masse entsteht.

Jetzt die Leberwurst hinzufügen: Achtung, spitz die Ohren", wobei sie sein linkes Ohr ergriff und ein wenig nach oben zog, „in kleinen Portionen in die Erdbeermasse einrühren, bis sie vollständig eingearbeitet ist. Die Kombination sollte eine cremige, gleichmäßige Konsistenz haben." Sie schnalzte mit der Zunge.

„Jetzt das erste Mal abschmecken. Mit einer Prise Salz den Geschmack abrunden. Eventuell noch etwas Zucker oder Zitronensaft hinzufügen, die Balance zwischen süß und herzhaft muss passen."

Sie machte ein mächtig wichtiges Gesicht und zeigte auf den Gefrierschrank.

„Wir kommen zur Königsdisziplin; es wird kalt", redete sie weiter, den Zeigefinger wie ein Blitzableiter in die Höhe gereckt.

„Die Mischung in eine flache Schale füllen. Hast du eine Eismaschine?"

Holger schüttelte bedauernd den Kopf.

„Wenn du keine Eismaschine hast, stellst du die Mischung in den Gefrierschrank und rührst sie alle 30 Minuten um, um eine gleichmäßige Konsistenz zu gewährleisten. Diesen Vorgang wiederholen, bis das Sorbet fest, aber cremig ist. Das dauert etwa vier Stunden."

Holger stöhnte leise.

„Jetzt Sorbet in Schalen portionieren und nach Wunsch mit frischer Minze oder Basilikum dekorieren. Für den abenteuerlichen Gaumen eignet sich auch ein Hauch Pfeffer oder ein Tropfen Balsamico als Garnitur."

So verging der Tag nicht zu spät in einem Mix aus sportlichem Einsatz, naturverbundenem Plausch und einer abendlichen Geschmacksmatinee, die in Holgers Gedächtnis als Geschmacksabenteuer verewigt wurde. Sein Fazit des Tages war klar: Es braucht nur ein wenig

Teilnahmslosigkeit und einen Hauch an Zutatentollkühnheit, um das Alltägliche in eine köstliche Lachgeschichte zu verwandeln.

Holger und Esther starteten ihren Heimweg, gaben ihrem Navi einen Schubs und prompt meldete es dreißig Minuten Fahrzeit für den Nachhauseweg. Das war keine Überraschung. Beide kannten sie den Weg. Das Navi hatten sie oftmals nur so zum Spaß an. Manchmal empfanden sie es als lustig, wenn es die Fahrzeit ganz genau vorhersagte.

„Weißt du noch unsere nächtliche Fahrt vor drei Jahren in Dänemark?", fragte Holger.

„Klar, plötzlich war die Straße vom Display verschwunden."

„Eben noch da und: Zack weg"

Esther erinnerte sich noch genau:

„In dem Gruselfilm »In the Tall Grass« fahren drei Leute in einer ländlichen Gegend umher und finden sich immer wieder in einem mysteriösen hohen Grasfeld gefangen, aus dem sie nicht entkommen können. Obwohl sie scheinbar in Bewegung bleiben, scheinen sie nirgendwo anzukommen und sind in einer Art Zeitschleife gefangen."

„Ja oder im Kultfilm »The Blair Witch Projekt« irren sie durch den Wald, ohne jemals den Weg zurückzufinden. Sie laufen stundenlang und kehren immer wieder an denselben Ort zurück", ergänzte Holger.

„Und eben sprachen wir noch davon, dass es genauso wie im Film ist, da verschwindet plötzlich die Straße auf dem Navibildschirm".

„Gruselig", murmelte Esther.

Eine Weile fuhren sie schweigend weiter.

„Biegen Sie rechts ab", sagte das Handy plötzlich.

„Solch ein Quatsch", meinte Holger. „Wo soll das denn hingehen?"

„Hä?", fragte Esther erstaunt.

Holger fuhr weiter.

„Biegen Sie links ab"

Beide schauten sich eine kurze Weile ratlos an. Holger fuhr jedoch weiter geradeaus. Schließlich kannte er die Strecke. Vor zwei Stunden waren sie hier erst in umgekehrter Richtung entlanggefahren.

„Bitte wenden".

Holger fuhr weiter geradeaus.

Jetzt zeigte das Display ohne Störungen in die richtige Richtung. Noch zwölf Kilometer, Ankunft 23:42 Uhr.

„Krass", murmelte Esther.

„Wenn das noch einmal passiert, dann glaube ich, das Ding lebt", sagte Holger, als sie um Punkt 23:42 Uhr die Auffahrt ihrer Villa erreichten.

„Glaubst du wirklich?"

„Was?"

„Na, dass ein Navi leben kann?"

Holger lachte. „Na ja, technisch gesehen? Eher nicht. Andererseits nach dem erkenntnistheoretischen Relativismus vielleicht."

„Wie?". Esther machte ein erstauntes Gesicht.

„In der Vorstellung einer scheinbar objektiv erfassbaren Welt – unterstützt durch clevere Messinstrumente – neigen Wissenschaftler oft dazu, einer objektiven Wahrheit hinterherzujagen wie einem seltenen Pokémon. Doch erkenntnistheoretische Relativisten winken ab und werfen ein, dass jede Wissenschaft erst einmal festlegen muss, welches Spielbrett sie überhaupt bespielen will. Also quasi: Was genau untersuchen wir hier eigentlich, und welches Werkzeug braucht man dafür – ein Mikroskop oder doch einen Zauberstab?"

Esther staunte stumm.

„Dennoch bin ich beim Navi skeptisch.

Es hat ja keine biologischen Funktionen – kein Stoffwechsel, kein Wachstum, nichts davon. Und ich hab' noch nie gehört, dass ein Navi Angst vor Schimmel hat und deshalb umziehen will."

„Aber, wenn du mal nachdenkst – im übertragenen Sinn wirkt es fast lebendig, oder? Es reagiert auf alles um uns herum, trifft Entscheidungen auf Basis von Daten und wird konstant aktualisiert, um uns den Weg zu zeigen. Und was war das heute Abend?"

„Da hast du einen Punkt. Man könnte fast sagen, es ist wie ein elektronischer Reisebegleiter. Es erträgt sogar deinen fragwürdigen Musikgeschmack und bleibt selbst nach der dritten Runde im Kreisverkehr unbeeindruckt. 'Bitte wenden Sie, wenn möglich.' Dabei denkt es sich sicher: 'Schon wieder? Echt jetzt' ".

Esther grinste.

„Ja, innerlich schüttelt es bestimmt den Kopf. Aber hey, in einer Welt, in der Kühlschränke uns an abgelaufenen Joghurt erinnern und Uhren uns sagen, dass wir zu lange herumgammeln, hat das Navi fast etwas Menschliches, oder?"

„Absolut, es lernt ständig dazu, sucht die schnelleren Wege, umgeht Straßensperren – fast wie ein Familienhund, der die Abkürzung durch den Park kennt. Nur ohne das Sabbern und mit weniger Haaren auf dem Autositz.“

Esther lachte: „Also ja, vielleicht kann man sagen, es lebt irgendwie – zumindest im Scherz. Es ist dynamisch, reagiert, passt sich an. Aber letztlich ist es doch nur eine Maschine ohne Bewusstsein oder echtes Leben.“

„Genau! Eine programmierte Maschine, die immer geduldig bleibt, egal, wie oft wir falsch abbiegen. Vielleicht sollten wir unserem Navi mal einen Blumenstrauß schicken – schade, dass es ihn weder gießen noch schätzen könnte. Ein klarer Beweis, dass es doch nicht so lebendig ist, wie wir manchmal denken.“

Esther grinste: „Solange es uns ans Ziel bringt, ohne sich über meine Musik zu beschweren, ist alles gut.“

Terror

Es war ein ganz normaler Freitag, die Sonne schien, die Vögel zwitscherten, und überall schlugen Menschen gedankenlos ihre Laptopdeckel zu, freudig verkündend: „Wochenende!" Doch im Schatten all dieser Glückseligkeit lauerte ein tückischer Plan, den niemand kommen sah – der Pakt der Haushaltsgeräte.

Es war 15:59 Uhr, und Holger war dabei, einen Keks zur Feier des Freitags zu naschen, als plötzlich aus der Küche ein unverkennbares Geräusch ertönte. Ein dumpfes Knarzen gefolgt von einem jämmerlichen Gurgeln.

„Nicht schon wieder!" Stöhnte er, als ihm klar wurde, dass der Geschirrspüler – oder besser gesagt, der ewige Freitagsrebell – erneut seine Aufwartung machte.

Der berüchtigte Freitagnachmittag-Fluch! Warum passiert das ausgerechnet am Freitag um 16 Uhr? Das kann kein Zufall sein. Man könnte vermuten, dass Geschirrspüler eine geheime Gewerkschaft gebildet haben und pünktlich zum Wochenende die Arbeit niederlegen.

Oder als ob der Geschirrspüler einen geheimen Kalender führte, der ihn daran erinnerte, dass an Freitagen zwischen 16:00 und 16:05 Uhr sein großer Auftritt war. Mit einer Präzision, die einem Uhrwerk gleichkam, streikte er regelmäßig wie ein Verschwörer, der mit einer mysteriösen Gewerkschaft des Widerstands arbeitete.

Warum aber immer am Freitag? Nun, es gibt mehrere Theorien. Einige behaupten, dass Geschirrspüler heimlich an einer unveröffentlichten Handbuch-Lesung für bockige Elektronik teilnahmen, das von einem mythischen, rebellischen Toaster geschrieben wurde. Man munkelt, das Handbuch trägt den Titel „Wie man Menschen das Wochenende versaut, Band I".

Andere wiederum spekulieren, dass sie einfach das Drama lieben. Der Geschirrspüler genießt es offensichtlich, sein Publikum in Panik zu versetzen: „Oh nein, der Abwasch muss von Hand gemacht werden! Ausgerechnet jetzt!"

Noch besseres Timing ist nur, wenn der 24. Dezember ein Mittwoch ist. Gute Zusammenarbeit erkennt man, wenn eine knappe Woche später gegen 19:00 Uhr der Raclettegrill durchbrennt.

Und so stand Holger seufzend in seiner Küche, als die Nachbarn sich aus ihren Häusern wagten und über ihre Zäune beugten, um Grüße und Pläne fürs Wochenende auszutauschen. Natürlich hatten deren Geschirrspüler beschlossen, bis nächsten Freitag zu warten, um ihren Teil des Pakts zu erfüllen.

Doch Holgers Gerät hatte einen besonderen Enthusiasmus. Vielleicht lag es daran, dass es mit einem hyperaktiven WLAN ausgestattet war und heimlich im Internet die „Freitagsrebellen"-Foren besuchte. Oder vielleicht hatte es einfach einen Hang zur Dramatik. Wer kann das bei Küchenmaschinen schon genau sagen?

Es könnte natürlich auch ein geheimer Wettbewerb unter den Haushaltsgeräten sein. Wer kann seinem Besitzer am dramatischsten den Start ins Wochenende vermiesen? Der Geschirrspüler tritt gegen die Waschmaschine an, die immer auf Hochtouren läuft, denn der Wäscheberg soll ja pünktlich zur Feierabendzeit wie von Zauberhand kleiner werden. Doch der Geschirrspüler ist entschlossen. Warum sich bei einer Blockade durch triste Teebeutel und tacky Tassen besiegen lassen?

Jedenfalls, während Holger resigniert das Spülbecken auffüllte, konnte er schwören, dass der Geschirrspüler zufrieden vor sich hin brummte. Es war, als würde er sich selbst auf die Schulter klopfen und sagen: „Wieder einmal habe ich der Betriebsamkeit des Alltags ein wenig Würze verliehen.“

Ja, die Geschirrspüler wissen, wie sie für dramatische Effekte sorgen können. Der perfekte Cliffhanger am Ende einer Arbeitswoche. „Wird er es schaffen, die Reparatur selbst durchzuführen?“, fragt sich das Universum. „Oder muss er den Kundendienst anrufen, der es tatsächlich erst am Dienstag schafft, zu kommen?“

Im Grunde gehörte Holger zu den Menschen, die ohne eine enorme Anstrengung ein auskömmliches Leben genossen. Er hatte von seiner Großmutter ein kleines Vermögen geerbt und sein berufliches Klagen über seine Klienten, die ihn „sehr anstrengten“, kamen ihm bei näherer Betrachtung sogar selbst reichlich übertrieben vor. Deshalb empfand er den Abwasch manchmal als eindrücklich kontemplativ.

„Das ist wie ein Gemälde malen“, pflegte Holger zu sagen, während er eine Fettpfanne bearbeitete. „Nur, dass man am Ende nichts an die Wand hängen kann.“ Diese poetischen Reflexionen brachten ihm oft verstohlene Blicke von Freunden und gelegentlich ein verzweifeltes Kopfschütteln von

Esther ein, das natürlich den Diskurs über die wahre Bedeutung von Existenz vermied. Dennoch genoss er es, vor dem abendlichen Fernsehprogramm zu sitzen, ein kühles Bier zu genießen und langsam vor sich hinzudämmern. „Holger, warum guckst du dir jedes Mal diese alten Tatort-Folgen an?", fragte sein Freund Eddi einmal während eines seiner häufigen Besuche. Holger zwinkerte ihm zu und sagte:

„Weil die Verbrecher noch keine Smartphones benutzen und alles komplizierter machen."

Seine Mutter meinte zu ihm, wenn er als Kind einmal ihrer Meinung nach in seinem Zimmer zu lange auf dem Bett lag und nur die Decke anstarrte:

„Holger, wenn aller Müßiggang goldene Säume hätte, wäre dein Leben ein königlicher Mantel."

Am nächsten Mittwoch überraschte Esther Holger mit einer Nachricht, deren Inhalt ihn einigermaßen auf Trab bringen würde.

Es beunruhigte ihn schon seit Längerem, dass er eigentlich nichts tun konnte, ohne nicht mindestens einen Auftrag von Esther zu bekommen, noch eine meist nervige Zusätzlichkeit zu erledigen. Einkaufen gehen, kurz in den Keller oder eine Kleinigkeit im Garten erledigen; immer gab es noch einen Zusatzauftrag.

Holger war überzeugt, dass Esther eine geheime Liste hatte, die sie nur zum Einsatz brachte, wenn er aus dem Raum trat. Jedes Mal, wenn er sein warmes und gemütliches Sofa verließ, hörte er ihr freundliches, aber bestimmtes Stimmchen: „Ach, Holger, könntest du schnell mal ...?"

Es begann alles ganz harmlos. Eines Tages wollte Holger nur kurz in die Küche, um sich den weltberühmten Mokka aus dem neuen Kaffeevollautomaten zu holen. Kaum war er aufgestanden, ertönte Esthers Stimme wie eine gut geölte Lautsprechanlage:

„Holger, wärst du so lieb, die Wäsche aufzuhängen?"

Er dachte noch, dass das Zufall sein könnte.

Den Kaffee bekam er später, aber auch die Wäsche hing mustergültig auf der Leine.

Doch mit der Zeit bemerkte Holger, dass sich dieses Muster wiederholte. Als er sich entschloss, den Müll hinauszubringen – um einmal freiwillig etwas im Haushalt zu tun und Bonuspunkte bei Esther zu sammeln – hörte er die vertraute Stimme:

„Kannst du auch gleich die Blumen gießen?"

Natürlich goss er erst die Blumen, und der Müll kam opferbereit auf die Straße.

Mit einem Hauch von Detektivgeist begann Holger, Statistiken in seinem Kopf zu führen. Sie waren recht beeindruckend: Neun von zehn Malen hatte Esther einen Auftrag für ihn parat, sobald er den Raum verließ. Und er war sicher, dass ihre Trefferquote bald die 100 Prozent erreichen würde.

Um den Ursprung dieses Phänomens zu ergründen, entwickelte er diverse Strategien. Er versuchte, sich lautlos wie ein Ninja in Richtung Türen zu schleichen. Doch Esther schien einen sechsten Sinn oder versteckte Kameras installiert zu haben. Als er einmal in Socken, auf Zehenspitzen und mit einem gewagten Ausfallschritt den Raum verlassen wollte, erschallte plötzlich:

„Schau doch bitte mal, ob die Post da ist?"

Daraufhin überlegte er sich ein Listenspiel. Er setzte sich für kurze Momente wieder hin, sprang dann plötzlich auf, setzte sich schnell erneut hin. Er versuchte, Esther zu verwirren und erwischte sich dabei, sich zu fühlen wie Tom im Wettkampf gegen Jerry.

Auf dem Höhepunkt seiner Verzweiflung fragte Holger Esther aus Spaß:

„Sag mal, hast du ein geheimes Notizbuch mit all den Dingen, die ich tun soll?"

Esther grinste nur schelmisch, was Holger verdächtig vorkam. Doch ihre Antwort überraschte ihn:

„Nein, es ist einfach so, dass mir diese Dinge erst einfallen, wenn ich sehe, dass du die Gelegenheit dazu hast."

Er war Esthers wandelnde Allzweckwaffe. Irgendwie auch wieder lustig – schließlich gab es immer gute Geschichten bei ihren Freunden zu erzählen.

Ihr nächster Wunsch war etwas umfangreicher.

„Lass uns eine Einweihungsfeier machen. Du kannst doch so schöne Sachen in der Küche zaubern".

Eine Einweihungsfeier zu veranstalten, schien ihm eigentlich eine gute Idee. Er wollte Bratwürstchen besorgen, ein kleines Fass Bier und scharfen Senf und ebensolchen Ketchup. Fertig. Ein Triumph der Hoffnung über die Erfahrung könnte man sagen, denn als er Esther in seine gute Idee der Gästebewirtung erzählte, hagelte es Protest.

„Was ist mit Heino und Ulrike?"

„Was soll mit denen sein?"

„Die sind Vegetarier", protestierte Esther.

„Wenn die uns einladen, esse ich auch, was sie mir vorsetzen", erwiderte Holger.

Esther rollte nur mit den Augen.

„Und Carola hat eine Wurstallergie. Die isst nur Fleisch vom Kobe Rind."

Jetzt rollte Holger mit den Augen.

Aber er war kompromissbereit.

„Lass uns eine Liste der Unverträglichkeiten unserer Freunde machen. Mal sehen, was so geht."

Nach einer halben Stunde hatten sie ihre Freunde durchleuchtet und eine Liste erstellt, die Holger mit „Unverträglichkeiten" überschrieb.

„Moni und Hanne sind laktoseintolerant, Oskar verträgt kein Gluten, Melli darf nichts in Butter gebratenes.

Lena und Elias reagieren heftigst auf Tomaten, Noah ist vegan, mag jedoch kein Obst. Von Histaminintoleranz wird Clare gequält und Ben und sein Mann Luis haben beide eine Milcheiweißallergie"

„Beide?", unterbrach Esther.

„Klar, beide"

„Und ganz etwas Spezielles gibt's bei Emilie, eine Sorbitunverträglichkeit und sie mag kein Ei und kein Soja."

„Was ist das mit dem Sorbittralala?", fragte Esther verächtlich.

„Da gibt's nichts zum Lachen", antwortete Holger. „Ach, die arme Emilie", begann Holger in leicht spöttischem Ton" –

ständig auf der Hut vor dem tückischen Sorbit. Ein Leben voller Verzicht und Misstrauen gegenüber allem, was auch nur im Entferntesten süß schmecken könnte. Dabei hat Sorbit nichts Besseres zu tun, als sich hinter den unschuldigsten Freuden des Lebens zu verstecken."

Esther schaute bedauernd und spann den Faden weiter:

„Stell dir vor, Emilie betritt einen Supermarkt. Ein Minenfeld würde ihr weniger Angst einjagen. Dabei könnte doch eigentlich alles so einfach sein. An apple a day keeps the doctor away, heißt es."

„Außer, wenn man Emilie ist. Für sie lauert in jedem Apfel das Versprechen eines Tages voller Bauchgrummeln und Unbehagen", sagte Holger.

„Und Pflaumen? Mann, das mag ich mir gar nicht erst vorstellen". Beide lachten.

Man fragt sich, was für eine Laune der Natur es war, diesen heimtückischen Zuckeralkohol zu erfinden. Eine kleine Geduldsprobe für die Menschheit oder ein finsterer Scherz?

„Ach ja und Nussallergien gibt's bestimmt auch noch."

„Bleiben noch Finn, Lea und Kleo, die haben nix", warf Esther ein.

„Und Will und Eddi", ergänzte Holger.

„Und wir zwei", sagte Esther, sprang auf, gab Holger einen Kuss und ging in die Küche, um ein Glas Weißwein aus dem Kühlschrank zu holen.

„Oh nein", rief sie durch die Tür, der ist ja gar nicht an.

„Das Licht geht nicht an und richtig kalt ist er auch nicht."

„Was ist los?", fragte Holger und stand schon in der Tür.

„Hier schau", rief Esther enttäuscht und öffnete wieder die Kühlschranktür. Nun war er innen hell beleuchtet.

„Aha, dunkel ist wohl das neue hell."

„Aber er ist nicht richtig kalt".

„Aber, aber, das bildest du dir ein."

Esther stampfte mit dem Fuß auf. Sie hasste es, nicht ernst genommen zu werden."

„Das war knapp", dachte Kerbi. „Da bin ich ja gerade noch einmal rechtzeitig aufgewacht. Wie gut, dass die Tiefkühlabteilung einen ganzen Tag lang kalt bleibt. Wer konnte denn ahnen, dass Esther erneut nachschenkt?".

„Glaub, was du willst. Eben war das Licht nicht an und er ist nicht richtig kalt."

„Der Kühlschrank hat eben schon geschlafen", versuchte Holger eine Deutung.

„Raten ist der Weg, den die Vernunft wählt, wenn die Fakten fehlen", antwortete Esther. „Ich gehe jedenfalls schlafen."

Einweihung

Samstag soll die Einweihungsfeier steigen. Holger hatte mit Esther gemeinsam an der Verpflegung gefeilt und Eddi hatte seine kleine Zapfanlage schon mal vorbeigebracht. Heute am Freitag hatte sich Holger vorgenommen, noch einmal an dem einen oder anderen Busch herumzuschneiden und besondere Stellen mit dem Elektromäher vom Nachbarn und gleichzeitig dem kleinen Rasenroboter den Rasen auf Vordermann zu bringen. Es war ein schöner Sommertag und so war es für Holger keine große Überwindung den Rasen an den Stellen anzugehen, an denen ein Rasenmähroboter keine Chance hat hinzukommen. Manchmal ist es eben notwendig, schwierig erreichbare Ecken im Garten nachzuarbeiten.

Holger leiht sich dann den elektrischen Rasenmäher gelegentlich von seinem Nachbarn Klaus aus – einem echten Original in der Nachbarschaft. Klaus ist der Typ Mensch, der es schafft, sonntags um sechs Uhr morgens, wie ein Duracell-Häschen die Hecke zu schneiden, während alle anderen noch im Tiefschlaf liegen. Klaus ist Hausmeister bei den Berliner Bündnisgrünen. Er kann mit einem leichten Nicken jedem Dackel beibringen, wie man richtig Müll trennt. Er trägt immer die schicksten Socken-in-Sandalen-Kombinationen und hat eine Sammlung von kuriosen Gartenzwergen, die den Charme seines Vorgartens ausmachen. Klaus ist ein wandelndes Lexikon, wenn es um Rasenpflege geht, und bei jedem kleinen Wetterumschwung hat er einen Ratschlag parat, den er mit dramatischem Handwedeln unterstreicht.

Holger und Klaus haben eine besondere Beziehung: Holger leiht sich den Rasenmäher, während Klaus seine täglichen Geschichten aus dem Leben eines passionierten Hobbygärtners erzählt. Wenn Klaus den Rasenmäher übergibt, hat er immer ein verschmitztes Grinsen auf den Lippen und fragt mit einem Augenzwinkern, ob Holger endlich gelernt hat, dass man die Klingen nur gegen den Uhrzeigersinn arbeiten lassen darf. Sonst klumpt der Rasen. Seine Erklärung war so einfach wie skurril. Die Messer des Rasenmähers sind eigentlich kleine Chaoskünstler. Sie drehen sich linksherum, weil sie so den natürlichen Fluss der Rasenschneide-Energie im Einklang mit der Erdrotation nutzen. Wenn sie jedoch rechtsherum drehen, bringen sie diese Ordnung völlig durcheinander! Die Grashalme geraten in Panik, weil sie sich plötzlich „falsch" geschnitten fühlen, und klammern sich verzweifelt aneinander – zack, der Rasen klumpt.

Man könnte fast sagen: Die Rasenschnipsel schmollen kollektiv, weil sie die unkonventionelle Drehung als kreative Beleidigung ihrer Graswürde empfinden.

Holger wusste nie, ob er das ernst meinte.

Natürlich war Klaus auch eingeladen. Er bedankte sich überschwänglich für die Einladung, während er etwas umständlich den Akku in den Schacht einführte.

„Bis morgen dann."

Holger schob den Mäher in seinen Garten. Der kleine Mähroboter hatte bereits begonnen, seine Kreise zu ziehen und fuhr direkt auf ihn zu, als freute er sich, Holger zu sehen. Holger musste direkt Platz machen. Er fing dann an, seine Streifen über den Rasen zu ziehen. Er fuhr vorgeschriebene Bahnen für das perfekte Streifenmuster. Aber immer wieder kam ihm der kleine Mähroboter entgegen. Es schien, als wolle er Holger direkt abpassen, um ihn dann mit einem geschickten Manöver zum Ausweichen zu zwingen. Beide schienen Spaß daran zu haben, sich auf dem Rasen abzupassen. Als Esther von der Veranda aus den beiden zusah, hatte sie das Gefühl, spielenden Kindern zuzuschauen. Und tatsächlich sah es nach einem ausgelassenen Vergnügen aus. Esther konnte nicht anders, als sich köstlich zu amüsieren. Es war, als ob sie zwei entfesselte Spielkameraden in einem Königreich aus Grün beobachtete. Holger und der Mähroboter, das dynamische Duo der Gartenspaß-Olympiade. Kaum war Holger mit seinem Mäher mal wieder erfolgreich ausgewichen, da begann der kleine Gartenflitzer auch schon, wie ein fröhlicher Welpe erneut auf ihn zuzurasen. Man könnte fast meinen, er wedelte mit einem unsichtbaren Schwänzchen.

Der große Showdown begann: Holger trat an, um seinen Rasen in Perfektion zu stutzen, mit jenen Streifen, die symmetrischer waren als ein Schweizer Uhrwerk. Doch der kleine Mähroboter hatte andere Pläne. Wie ein Mini-Kamikaze drehte er schleunigst seine Kreise und schoss immer wieder auf Holger zu.

Holger hat es sichtlich genossen, auszuweichen, wieder anzugreifen und Haken zu schlagen, um sich in diesem unerwarteten Rasen-Adventure zu behaupten.

Der Mähroboter musste schließlich Energie tanken und schob ab in seine Ladestation.

Holger reckte wie ein Sieger die Hand in den Himmel.

Raser war glücklich. Begeistert berichtete er am Abend den anderen von seinem Abenteuer.

„Der Chef hat mit mir im Garten gespielt. Es war toll."

„So ein Erlebnis hätte ich auch mal gerne", sagte Saurot, der Saugroboter. „Mit Esther ist das nicht so spannend. Die macht immer die Türen zu. Ich bin zu laut, sie kann beim Telefonieren nichts verstehen, meint sie. Wo ich kann, fahre ich auch am liebsten um ihre Füße herum".

Wamine und „ die Alte" im Keller schwiegen.

Kerbi, die Kühl-Gefrierkombi wusste auch nichts beizutragen, knabberte wohl noch daran, neulich einfach eingeschlafen zu sein, als Esther noch einmal Wein nachschenken wollte. Andererseits freute sie sich, dass sie doch eine wichtige Rolle für das Wohlbefinden der Hausbewohner spielen konnte.

Sie war jedoch nicht träge, sondern bewusst strategisch: Sie wusste nun, dass sie durch diesen Aussetzer einmal mehr ihre Bedeutung in den Vordergrund rückte. Schließlich, was wäre ein Haushalt ohne das ständige Kühlen von Eiscreme, das Frischhalten von Gemüse oder das Bereithalten einer kühlen Flasche Sekt für spontane Feiern?

„Also, Prost auf Kerbi", dachte sie für sich, „die Königin der Küche, die uns immer dann überrascht, wenn wir es am wenigsten erwarten – und die uns erneut zeigt, wie unersetzbar sie in ihrem frostigen Reich ist. Menschen denken, was sie wollen, im Widerspruch zur Wahrheit."

Die Einweihungsfeier hatte am späten Nachmittag begonnen. Grillen, Kuchen, Bier vom Fass, alles da. Teller, Tassen und Gläser, alles akkurat und sauber. Holger war zufrieden, sogar Esther machte einen entspannten Eindruck. Sie hatte noch ein Pappschild gebastelt.

„Kein Konfetti" und daneben war ein zornig dreinschauendes Teufelchen mit roten Hörnern gemalt.

Als sie in den Garten schaute, war sie sich nicht sicher, ob sie sich nicht doch getäuscht hatte. Es schien ihr, als ob auf einmal der kleine Raser, der eigentlich in seiner Ladestation an der Rückseite des Schuppens mit dem Aufladen des Akkus beschäftigt sein sollte, ganz vorsichtig um die Ecke spionierte. Aber wirklich nur ganz kurz nahm sie es wahr, dann konnte sie ihn nicht mehr sehen. Vielleicht hatte sie sich auch getäuscht.

Holger saß mit seinen Freunden Will, Paul und Marie ein wenig abseits des ganzen Trubels. Das Grillen hatte er Eddi überlassen. Er wollte dem Kumpel eben mal kurz auf die Finger schauen und gleichzeitig eine neue Wurst mit Kartoffelsalat organisieren.

„Noch jemand etwas?", fragte er in die kleine Runde, ehe er losging.

Die drei sahen ihn an und schüttelten den Kopf. Am Grill sah er schon von weitem Eddi in seinem Element, schnappte sich einen neuen Teller und Besteck, ließ sich Würstchen und eine Scheibe Toast auftun. Spätestens jetzt merkte er, dass Eddi so in die Grillerei vertieft war, dass er Holger gar nicht bemerkte. Holger mag keinen Toast zur

Bratwurst. Eddi wusste das natürlich. Er teilte diesen Enthusiasmus.

Auf dem Rückweg schritt Holger vorsichtig durch die Menge seines Gartenfestes – eine Art menschlicher Slalom, nur dass er diesmal anstelle von Skiern einen randvollen Teller mit Bratwurst und Kartoffelsalat balancierte. Der Schweiß tropfte ihm von der Stirn, als wäre er ein Athlet im Bratwurst-Triathlon. Mit Adleraugen sondierte er die wortreich gestikulierenden Gäste und machte elegante Ausweichmanöver, die den besten Tänzern Ehre gemacht hätten. Eine Pirouette hier, ein Seitwärtsschritt dort – ein echter tanzender Glutsbruder.

Um die Herausforderung zu steigern, hatte er noch einen Stapel Servietten unter den Ellenbogen geklemmt, der wie ein wackeliger Turm aus gestapelten Sorgen wirkte. Die Bratwurst, die sich wie eine renitente Wurstschlange über den Salat bewegte, schien davon nicht beeindruckt zu sein. Aber Holger war fest entschlossen: Diese Wurst würde nicht das Terrain erobern.

Mit der Geschmeidigkeit eines rollenden Einkaufswagens erblickte er eine Lücke zwischen zwei stichwortakrobatischen Gästen.

Ein kurzer Luftholer und – voilà – der Spagat des Jahrhunderts war geschafft. Endlich kam dieser epische Balanceakt zum Höhepunkt. Holger stellte den Teller ab, und ein Hauch von Triumphpose huschte über sein Gesicht, als wäre er der König des Kartoffelsalat-Balletts. Ein leises "Puh" entwich ihm, begleitet von einem Lächeln.

"Holger, du bist der wahre Grill-Champion", meinte Marie und täuschte einen Blick ironischer Bewunderung vor. Esther gesellte sich zu der kleinen Runde.

„Sag mal, hast du den Mähroboter nicht abgeschalten?"

„Du meinst :**abgeschaltet**", versuchte Holger eine Korrektur.

„Abgeschaltet oder abgeschalten, ist doch egal", erwiderte Esther.

„Keineswegs", meinte Holger durch zwei Bier ermuntert, "**abgeschalten** ist falsches Deutsch. Gibt es nicht." Esthers Augen funkelten.

„Was glaubst du, warum sagt man "abgeschaltet" und nicht "abgeschalten"? Ach, die deutsche Sprache, sie ist dir anscheinend ein Mysterium, das selbst Sherlock Holmes den Kopf zerbrechen würde. Aber keine Sorge, ich habe für dich eine Erklärung parat."

Holger setzte sich senkrecht hin und hob den Zeigefinger.

„Stell dir vor, die Grammatik ist wie eine strenge Deutschlehrerin namens Frau Schmidt. Sie sitzt in ihrem großen Lehrersessel, mit Brille auf der Nasenspitze und einem unnachgiebigen Rotstift in der Hand. Und da kommen die Verben, die sich wie kleine Schüler benehmen müssen."

Holger räusperte sich.

„Nun, das Verb "abschalten" möchte auch mal etwas anders sein – mal rebellisch, mal ein wenig cool. Aber Frau Schmidt ist unerbittlich. Sie sagt: "Hier wird konjugiert, nicht improvisiert!" Und so kommt es, dass das Partizip Perfekt von "abschalten" brav in der Ecke sitzt und sagt:

"abgeschaltet", während "abgeschalten" vor der Tür steht und sich fragt, warum es nicht mitspielen darf."

Esther wollte etwas sagen, Holger deutete mit seinem aufrechten Finger so etwas an wie: schweig still.

„Es ist also nicht nur eine Frage der Grammatik, sondern auch der Ordnung. Ja, ja, Frau Schmidt sorgt dafür, dass alles seine Ordnung hat. So ist das eben mit der deutschen Sprache – voller Regeln".

„Ok, ok, da habe ich scheinbar etwas falsch gemacht", erwidert Esther gestelzt reumütig.

„Meinst du nicht etwa „anscheinend"?", fragte nun Paul.

Erneutes Augenfunkeln – nebst Händeringen.

„Ah, die große Frage, die uns alle um den Schlaf bringt: Der Unterschied zwischen „anscheinend" und „scheinbar". Wer hätte gedacht, dass solch ein kleines Wort so viel Chaos verursachen kann?"

Paul erhob den Finger ähnlich wie Holger.

„Also, „anscheinend" ist wie dieser Typ auf der Party, der dir erzählt, er sei Arzt – und genau da, wo du schon überlegst, ob du ihm deinen seltsamen Hautausschlag zeigen sollst. Es wirkt glaubwürdig, basiert auf echten Informationen. Wenn jemand „anscheinend" sagt, dann denken wir: „Okay, könnte stimmen.""

Paul sah bedeutungsschwanger in die Runde.

„Und dann haben wir „scheinbar". Der Kollege, der den ganzen Abend so tut, als sei er Geheimagent – aber in Wirklichkeit arbeitet er als Steuerberater. Alles nur Fassade. „Scheinbar" ist die optische Täuschung unter den

Synonymen. Es sieht so aus, als ob, aber wenn man genauer hinsieht ... oh oh! Da ist etwas faul."

Paul fiel zurück in den Gartenstuhl und klatschte in die Hände.

„Doch", sagte Holger, „ich habe den Rasenroboter abgeschaltet". Er sagte es überdeutlich und betonte jedes Wort. „Ab-ge-schal-tet", hob er besonders hervor.

„An-schein-end nicht", äffte Esther nach und schilderte, was sie gesehen hatte. Dann fügte sie hinzu:

„Da müssen wir wohl scheinbar mal nachsehen", sicher nun das richtige Adverb benutzt zu haben.

„"Scheinbar nachsehen" ist eine kontroverse Satzkonstruktion. Da weiß ich nicht, was du damit sagen willst."

„Ich glaube, du willst mich scheinbar nicht verstehen", blaffte Esther ihn an. Komm mit mir hinter den Schuppen."

„Er will anscheinend nicht", meinte Paul.

Esther stand auf, ergriff Holgers Hand und zog ihn hoch und hinter sich her, Richtung Schuppen, um dahinter zu verschwinden.

Marie zog eine Augenbraue und einen Mundwinkel hoch: „Anscheinend notgeil."

„Oder nur scheinbar", erwiderte Paul.

Hinter dem Schuppen hockte Raser und haderte mit seiner Neugier. Gelegentlich hatte er einen scheuen Blick um die Ecke gewagt und das muntere Treiben der Gäste beobachtet.

Jede Sekunde schienen seine Augen größer zu werden, als er vorsichtig um die Ecke linste und das ausgelassene Treiben der Gäste beobachtete.

Nun kauerte er hinter dem Schuppen wie ein nervöses Eichhörnchen, das seine Nüsse verstecken will. Seine Augen wurden so groß wie Untertassen, während er um die Ecke spähte. Die Gäste waren wie ein Karnevalszug, der aus der Kontrolle geraten war – jeder lachte, tanzte und irgendwie schien immer jemand eine Melone auf dem Kopf zu tragen.

Aber dann! Plötzlich kamen Holger und Esther auf ihn zu, Panik stieg in Raser auf. In seinem Kopf spielte sich ein Actionfilm ab, in dem er vor der Entdeckung flüchtete, während Musik von Mission Impossible im Hintergrund lief. Nicht, dass er Tom Cruise wäre, aber man kann ja träumen. Er duckte sich tiefer in den Schatten des Schuppens und dachte fieberhaft nach. Vielleicht könnte er sich tarnen oder blitzschnell ... ach je, was sollte er tun?

Schnellstens in die Ladestation und unschuldig aussehen. Das war das Beste.

So saß er da, wie ein miserabel getarnter Agent, und wartete, dass die Gefahr vorbeizog. Gerade so hatte er es geschafft, sich mit der Ladestation zu verbinden. Jedoch für die letzten Sekunden seiner Aktion erspähte Esther ihn hinter dem Schuppen. Sie hatte gesehen, dass da eine Bewegung war und rief zu Holger:

„Da, da, er hat sich bewegt. Er hat sich versteckt."

Holger blickte ein wenig tumb um die Ecke und fragte:

„Was ist los?"

„Der hat sich gerade bewegt".

„Du spinnst", Holger simulierte den Genervten.

„Lass uns morgen noch einmal danach schauen."

Er hakte Esther unter und wollte mit ihr zum Tisch zurück. Sie wehrte und sperrte sich.

„Morgen?", schrie sie lauter als sie es eigentlich wollte.

Er versuchte, sich aus ihrem Griff zu befreien. Von Ferne beobachtet von Marias neugierigem Blick. So richtig trittsicher war Holger nicht mehr. Die drei „Bretterknaller" aus Kornsaat störten seine Beweglichkeit, Entschlusskraft und die Schritte auf dem unebenen Rasen.

Esther blickte sich gelegentlich unsicher um, als Holger sich letztlich durchsetzte.

Am Tisch von Paul, Maria und Will angekommen, fragte Maria schonungslos:

„Schon fertig?"

Esther lachte nervös und schüttelte den Kopf.

Holger jedoch stand da, leicht schwankend wie ein gut geölter Gartenzwerg. Die Sonne war zwar langsam untergegangen, doch Holger strahlte mit der Kraft eines 1000-Watt-Lächelns. Die kühle Nachtluft vermischte sich mit dem Duft von frisch Gegrilltem und dem sanften Plätschern des aufblasbaren Pools.

Mit einem Glas in der Hand, randvoll mit einer farbenfrohen Flüssigkeit, die vage an Sangria erinnerte, hielt Holger sein Publikum in nächster Umgebung in Atem. Seine Witze flogen schneller als die Glühwürmchen um Paul, Will, Esther und Marie herum. Als sie merkten, dass es an diesem Tisch besonders lustig zuging, gesellten sich noch Finn, Luis und Lena dazu.

„Warum können Seeräuber keinen Kreis zeichnen?", fragte er mit einem verschwörerischen Grinsen. Eine kurze Pause, während alle drumherum überlegten und sich schließlich geschlagen gaben.

„Weil sie immer **Pi** raten!"

Ein kollektives Stöhnen und Gelächter klang durch den Garten. Holger nahm einen tiefen Schluck und setzte fort:

„Was sagt ein orientierungsloser Kompass?" Wieder folgte Schweigen – seine Art der Spannungserzeugung. „Na? 'Ich hab' keinen blassen Nord „

„Hä ...?", fragte das Kollektiv von Zuhörern.

Holger blickte mit einem gleichgültigen Gesichtsausdruck einen nach dem anderen an.

„Na gut, Witze, die man erklären muss, sind keine", erklärte er etwas kleinlaut, philosophierte dann jedoch gleich weiter über das Projekt „Selbstbewässernde Pflanzen".

„Stellt euch vor", rief er aus, „Pflanzen, die sich selbst gießen! Damit könnte ich mal Urlaub machen, ohne meinen Kaktus zu gefährden."

Marie kratzte sich am Kopf

„Ein" Kalauer" kommt doch eigentlich von der Stadt Kalau in Preußen. Man sagt, die Leute dort hätten einen besonderen Hang zu flachen Witzen gehabt!"

Holger zog eine Augenbraue hoch.

„Also waren die Kalauer quasi die Gründungsväter der Flachwitze?"

Paul nickte feierlich.

„Ganz genau. Sie lebten im Land der Kalauheiten."

Die Zuhörer lachten, sogar die Party – Gartenbeleuchtung flackerte. Marie klopfte Holger kumpelhaft auf die Schulter: „Na, dann sollten wir schnell einen Bus nach Kalau nehmen. Da gibt's bestimmt regelmäßig Lachkrämpfe!"

„Oder Erdbeben vor lauter Augenrollen", fügte jemand hinzu, während alle in schallendes Gelächter ausbrachen.

Der Kompass blieb weiterhin orientierungslos.

Der Morgen danach

Am nächsten Morgen lachten die Sonnenstrahlen vor Vergnügen, wenn sie auf einer glänzenden Fläche schimmerten. Sie krochen sehr früh, wie verspätete Partygäste durchs Fenster.

Noch schöner war es, wenn sie auf den Kronleuchter im Wohnzimmer trafen und sich in dem geschliffenen Glas wie von selbst in lauter bunte Strahlen zerlegten. Das kitzelte und sie lachten unhörbar laut auf.

Die Strahlen stürzten sich förmlich ins glitzernde Glas, als würden sie einen Freischwimmer machen, nur um dann in einer Explosion aus bunten Farben exaltiert zu platzen und kringelten sich vor Lachen, während die anderen wie ein Fußballteam, nur eben unhörbar, brüllten. Wer hätte gedacht, dass Licht so einen Sinn für Humor haben könnte? Es war, als hätten sie heimlich eine Glitzer-Show im Wohnzimmer aufgeführt—gratis für alle, die zuschauen wollten.

„Nun schau sich einer das Sonnenlicht an", quakte der Saugroboter, „haben Spaß und arbeiten nicht".

„Nicht so neidisch, Saurot. Die können nun mal nicht anders."

„Außerdem wäre es ohne sie einfach nur dunkel", meldete sich Smasch der Geschirrspüler, „Wie bei der Alten im Keller", stichelte Wamine aus der Küche.

„Halts Maul da oben", und weil sie wusste, dass in den Keller niemals die Sonne gelangen würde, biss sie wieder einmal wütend in den Ablaufschlauch, bis er schließlich löchrig wurde.

Saurot war schon eine ganze Weile unterwegs, um Vorbereitung für Witer, die Wischroboterin rechtzeitig fertig zu bekommen.

Die beiden stritten sich regelmäßiger, wer von ihnen eigentlich wichtiger wäre. Witer war überzeugt, ohne sie wäre der Fußboden stumpf und unansehnlich, *„nur durch Wischen kommt der Glanz"*. Während Saurot sich sicher war, dass ohne seine Saugarbeit alles nur ein einziges Geschmiere wäre. Smasch und Wamine waren der Ansicht wie Witer. Saurots Antwort darauf war klar:

„Es ist schwer, hochtrabenden Ideen nachzugehen, wenn man immer nur in der Küche steht."

Diese Ansicht war nicht ganz falsch: Die Küche war schließlich gefliest.

„Was habt ihr denn für Probleme?", näselte Kolltom und begann schon einmal den Kaffee für Esthers erste Tasse zu mahlen.

„Das ist die typische Frage: Wer ist wichtiger, Koch oder Kellner?", lachte er laut und trotzdem vornehm.

Dann jedoch schrie er laut auf:

„Au, au, verdammt, ich habe einen Krampf im Mahlwerk. Aua, auaau".

„Du musst mit dem Fuß aufstampfen", rief Kerbi und lachte.

Doch plötzlich ging Kolltom in einen wahren Kaffee-Amoklauf über und begann, unkontrolliert Bohnen zu mahlen.

„Au, au, verdammt, ich habe einen Krampf im Mahlwerk, ich kann nicht aufhören, die Bohnen alle durchzumahlen. Aua, auaau!" heulte er auf, während er eine wahre Kaffeeinsel auf der Küchenzeile kreierte.

Plötzlich öffnete sich die Küchentür und hereinschwebte Esther, trotz ihrer bleiernen Glieder vom gestrigen Partyabend.

„Was ist denn hier los? Warum mahlt der Kaffeevollautomat den ganzen Kaffee durch?" rief sie entsetzt aus, als das frische Kaffeepulver wie ein Lavastrom aus dem Pulverfach quoll.

„Holger, Holger", gellte sie panisch, „komm schnell".

„Ich habe einen Krampf", schrie Kolltom. Aber natürlich verstand Esther ihn nicht.

„Was ist?", fragte Holger, als er in Boxershorts barfuß um die Ecke keuchte.

„Der Kaffeevollautomat mahlt wie verrückt die ganzen Bohnen durch, aber macht keinen Kaffee!"

„Kaffeevollidiot, meinst du!", rief Holger fluchend und zog zackig den Stecker. Kolltom seufzte erleichtert auf, und die Küche versank endlich in wohltuender Ruhe und im Duft frisch gemahlenen Kaffees.

„Mein Gott, der Kaffeeonkel taugt aber nicht viel", meinte Holger traurig.

„Kein Kaffee", jammerte Esther. Sie saß am Küchentisch, die Ellenbogen auf den Tisch gestützt, die Hände zur Halbschale geformt, stützten den Kopf.

„Na, gemahlen hat er ja. Wir fegen den Kaffee zusammen und gießen Wasser drauf", schlug Holger vor.

„Gut riechen tuts ja schon mal", meinte Esther.

Sie hatten noch nicht einmal einen Kaffee getrunken, da klingelte es bereits an der Tür. Nach der Party des Vortages waren beide noch nicht sehr weit gekommen und wirkten noch ein wenig verschlafen, jedoch bereits in Unterwäsche. Esther rannte nach oben, um sich das Nötigste wenigstens anzuziehen.

Es war bereits ein später, sehr später Vormittag geworden. Die Sonne schien, Vögel zwitscherten, und die Luft war erfüllt von der Erwartung auf ...

„Oh, hallo", stotterte Holger.

Mamsi und Paps standen vor der Tür. Holger starrte sie an. Und da fiel es ihm ein. Sie waren gekommen, um gemeinsam zu kochen. Holger dachte plötzlich an das Erdbeer-Leberwurst-Sorbet, welches Mamsi neulich gezaubert hatte, und schüttelte sich kurz. Für heute war erneut ein gemütliches Kochexperiment geplant. Holger öffnete die Tür weit und begrüßte die beiden mit einem breiten Lächeln.

„Mamsi! Paps! Kommt rein! Esther und ich freuen uns riesig auf unser Kochabenteuer, dabei versuchte er den Geschmack des letzten gemeinsamen Essens zu verdrängen und gleichzeitig seine Gedanken zu sortieren. Das Wichtigste, welches ihn gerade beschäftigte, war die Frage, ob es eine so gute Idee war, am Tag nach der Party ein gemeinsames Kochen zu planen.

Er wollte sie in die Küche lotsen, jedoch fiel ihm gerade noch ein, dass hier der gemahlene Kaffee sich unattraktiv in der Küche verteilt hatte und noch so einiges in Unordnung befand. Mamsi warf nur einen kurzen Klick in die Küche und erstarrte.

Auf dem Boden zieren bunte Plastikbecher und zerknüllte Servietten die Fliesen, als hätten sich betrunkene Origami-Künstler an einem expressiven Kunstprojekt versucht. Zwischen ihnen schlängelt sich eine klebrige Spur von verschütteter Cola, die sich entschieden hat, die Welt zu entdecken, und nun quer durch die Küche eine klebrige Grenzlinie zieht.

Der Tisch, der einst so akribisch für die Feier vorbereitet wurde, scheint ein Eigenleben entwickelt zu haben. Auf ihm balancieren leere Gläser und verschmierte Wurstpappen neben einem hohen Turm aus benutztem Geschirr, dessen Stabilität mit dem Schiefen Turm von Pisa konkurrieren könnte. Persönlichkeitsstarke Rotweinflecken verbreiten sich auf der Tischdecke und üben dabei die abstrakte Kunst eines spontan inspirierten Künstlers widerzuspiegeln. Ein halb leeres Glas mit einer unidentifizierbaren, farbenfrohen Flüssigkeit steht mutig zum Absprung bereit an der Tischkante, als wolle es an einem Getränkestand im Straßenkarneval teilnehmen.

An den Küchenwänden prangen unerwartet Luftschlangen und mit Tesafilm befestigte Post-its, auf denen kryptische Nachrichten wie „RUFE MICH AN, WENN DU DIE SOCKE GEFUNDEN HAST" zu lesen sind.

Der Kühlschrank, der in den ruhigen Stunden der Nacht kaum bemerkt wurde, öffnet nun schüchtern seine Tür, entließ einen kalten Atem und sorgte damit dafür, dass ein paar Essensreste unangenehm auf eine entgleiste Kulinarik am Vorabend deuteten.

„Lasst uns ins Wohnzimmer gehen". Holger versuchte, selbstbewusst zu klingen.

Doch da stand Esther, inzwischen leicht bekleidet, mit einer Miene, die zwischen Unschuld und leichter Panik schwankte. Mamsi und Paps traten ein, die Arme voll beladen mit Kochbüchern und unverzichtbaren Geheimzutaten aus ihrem eigenen Küchenschrank. Die Freude lag in der Luft, wie der Duft eines frisch gebackenen Apfelkuchens. Doch ah, welch köstliches Trugbild.

„Kochen wir im Wohnzimmer?", fragte Paps fast belustigt.

Nach einer frostigen Begrüßung und dem üblichen Hokuspokus der Small-Talk-Etage wurde es richtig ernst:

„Na, Esther, hast du denn alles eingekauft?", fragte Mamsi mit einem erwartungsvollen Lächeln, die Hände in die Hüften gestemmt.

Esther, nun von der Panik doch ein wenig kühner gemacht, stammelte:

„Ähm, ja ... also, du wirst es nicht glauben, aber ... das meiste waren ja Gewürze!" Holger, der die Situation bereits durchschaut hatte, versuchte, mit einer übertriebenen Begeisterung zu retten:

„Ja, ja! Gewürze. Die sind sehr wichtig. Ohne Gewürze – keine Würze, hab' ich recht?«

Mamsi zog die Augenbrauen hoch, ein klarer Hinweis darauf, dass die Würze dieser Situation gerade ordentlich angestiegen war.

„Esther, hast du das Hähnchen gekauft?", erkundigte sich Paps und sah enthusiastisch aus, als ob er gleich einen

Zaubertrick vorführen wollte, bei dem Hähnchen aus dem Nichts erscheinen.

Esther verzweifelte innerlich und begann, auf hoch kreative Weise, das Versäumnis zu verpacken:

„Nun, das Hähnchen ... ist auf einer kleinen Reise ... in unseren Träumen, so frisch, dass es bis jetzt nicht mal geflogen ist!"

Ein Moment der Stille. Dann explodierte Mamsi in ein herzhaftes Lachen, das jedoch abrupt stoppte, als ihr klar wurde, dass tatsächlich kein Hähnchen im Spiel war.

„Also ehrlich, Esther, du solltest deine Karriere als Stand-up-Comedian in Erwägung ziehen", sagte sie leicht wütend.

Paps nickte zustimmend:

„Aber zuerst lernen wir kochen, nicht wahr?" Eine verlegene Stille breitete sich aus wie ein zu stark aufgetragenes Parfüm, bis Mamsi wieder das Wort ergriff:

„Nun, dann halt nix." Die Enttäuschung ließ sich nicht ganz verbergen.

Mit einer unerwarteten Entschlossenheit nahmen Mamsi und Paps ihre Kochbücher und Gläser mit geheimen Soßen, die vermutlich mehr Knoblauch enthielten als ganz Transsilvanien, zurück in die Arme. Sie verabschiedeten sich mit einer Mischung aus nervösem Lachen und leichtem Tadel.

Die Spannung war noch zu spüren, als Holger nur bemerkte:

„Puh, das ist ja noch einmal gut gegangen. Ich hätte heute nichts mehr runtergekriegt."

Esther täuschte einen Ohnmachtsanfall vor.

Ja, die Küche am Morgen nach der Party präsentiert sich als humorvolles Chaos, eine Bühne des gestrigen Lebensstils, der sich von seiner spontansten Seite zeigt.

„Lass uns aufräumen."

Nicht anders, der Morgen nach der Party im Garten – ein vertrautes Bild des epischen Durcheinanders.

Da ist der Grill, treuer Gefährte in der Nacht, der jetzt wie ein alternder Veteran aussieht. Gestern noch ein stolzer Freund, verantwortlich für wunderbare Essensorgien, die er ermöglichte. Auf dem Rost jetzt noch zwei vertrocknete Würstchen, wie zwischen den Zähnen im Gebiss eines Riesen, auch ähnlich vom Geruch, kalter Hauch.

Oh, und die Lichterketten! Sie hängen schlaff wie Weihnachtsdekoration am 27. Dezember. Aber sie erinnern an die Glanzstunden der Nacht, als sie den Garten in eine funkelnde Wunderwelt verwandelten.

Nach zwei Stunden räumen und verstauen, stellten Esther und Holger befriedigt fest, dass alles halb so schlimm war.

Auch unter den Hausgeistern war eine geschäftige Stimmung. Smasch spülte Töpfe, Gläser und Teller ohne eitles Murren, Saurot saugte den Boden in der Villa und Witer wischte anschließend, ohne sich über die üblichen Versäumnisse von Saurot zu beschweren.

Wamine und „die Alte" wuschen die Tischdecken und etliche Handtücher in trauter Einigkeit, bis der Hauptwaschgang beendet war. Da stellte Holger fest, dass „die Alte" im Waschkeller eine riesige Sauerei angerichtet hatte. Dadurch, dass sie in einem unkontrollierten Wutanfall gestern den Ablaufschlauch durchgebissen hatte, war die ganze Lauge auf den Kellerfußboden ausgelaufen. Holger war in die Soße getreten und konnte sich auf dem glitschigen Boden nicht mehr auf den Beinen halten, hatte sich jedoch gerade noch so abfangen. Sein Hosenboden war allerdings nass und peekig von der Lauge. Da es ein sechzig Grad Waschgang war, war die Lauge auf Körpertemperatur abgekühlt. Ein Körpertemperatur warmer, nasser, glitschiger Hintern war dann auch der Grund für einen abgrundtiefen hässlichen, schlüpfrigen Fluch.

„Bei allen nassen Katzen, was soll das denn? Verfluchte Schlammpfütze!"

Und als er wieder aufgestanden war, setzte er noch ein:

„Scheiße" als gellenden Aufschrei hinzu.

Als Antwort pumpte „die Alte" noch den ersten Kaltwasser – Spülgang hinterher.

Wamine lachte von ober herzhaft schadenfroh in den Keller hinab.

Der Einzige, der nichts zu tun hatte, weil der Rasen noch zu weit herunter getreten war, war Raser. Der Kleine hatte den gellenden Schrei nur zu deutlich vernommen und blickte betroffen und schüchtern um die Ecke des Schuppens.

Er war so alarmiert, dass er vor Schreck gegen den Strohbesen stieß.

Der stand immer dicht neben der Lade- und Ruhestation. Holger putzte ihm nach getaner Arbeit damit das feuchte, lose Gras von seinem Bauch. Das kitzelte so angenehm; manchmal musste er sogar laut lachen.

Er konnte nicht verhindern, dass der Stiel an der Schuppenwand entlang rutschte und so unglücklich umfiel, dass der

Weg zur Ladestation dadurch unerreichbar versperrt war. Raser war so panisch, dass er auf seinem Display blinkend augenblicklich anzeigte:

„Ladestation nicht erreichbar".

Enttarnt

Die Sonne taucht die Welt in ein warmes, goldenes Licht, das sich sanft über die Landschaft legt und die Konturen von Bäumen und Wiesen schärft. Ein leichter Windhauch trägt den süßen Duft von blühenden Blumen heran, während Vögel in der Ferne ihre melodischen Lieder zwitschern. Der Himmel erstreckt sich wolkenlos und von einem tiefen Blau, das fast unwirklich erscheint und doch so beruhigend ist, als ob er alle Sorgen des Alltags verschlingen könnte.

In diesem Moment liegt eine unbestreitbare Gelassenheit in der Luft, ein Gefühl von Zufriedenheit, das tief aus dem Inneren emporsteigt. Es ist, als ob die Welt und das eigene Bewusstsein in perfekter Harmonie schwingen. Diese Harmonie ist das Resultat einer inneren Einstellung, die fest in der Überzeugung verwurzelt ist, dass Glück weit mehr ist als ein flüchtiges Gefühl; es ist eine Kraft des Geistes, die aus unserer bewussten Entscheidung erwächst, die Schönheit in den einfachen Dingen des Lebens zu erkennen.

Hier, mitten in der ruhigen Szenerie, spürt man eine Resilienz, die alles durchdringt. Es ist diese Gabe, die es uns ermöglicht, Schwierigkeiten zu akzeptieren, ohne an ihnen zu zerbrechen, die uns mit einer sanften Stärke ausstattet, die auch den härtesten Stürmen widerstehen kann. Solch eine Fähigkeit wächst aus der Erkenntnis, dass jeder Tag trotz seiner Herausforderungen auch unzählige kleine Wunder bereithält, die es zu entdecken gilt.

In dieser achtsamen Gegenwärtigkeit entfaltet sich das Leben in seiner ganzen Pracht. Die Wahrnehmung schärft sich, Details, die zuvor unbeachtet blieben, treten nun klar und deutlich hervor. Die Fähigkeit, diese Momente zu schätzen, verleiht dem Geist eine Tiefe, die durch Dankbarkeit genährt wird. Eine Dankbarkeit, die uns daran erinnert, dass das Glück nicht in fernen Träumen liegt, sondern in der bewussten Wertschätzung der Gegenwart.

Mit einer selbstbewussten Haltung richtet man den Blick nach innen und erkennt die Kraft, die in einem selbst wohnt. Diese mentale Stärke erlaubt es, in jeder Situation den Fokus auf die positiven Aspekte zu lenken, und damit ein tiefes Wohlbefinden zu kultivieren. Es ist diese innere Arbeit, die das Leben in strahlenden Farben erblühen lässt, ungeachtet der äußeren Umstände.

Das Glück, eine strahlende Kraft des Geistes, wächst nicht aus äußerem Reichtum, sondern aus der Kunst, den eigenen Geist zu schulen und zu nähren. Diese Überzeugung, dass wahre Zufriedenheit aus dem Inneren kommt, ist der Schlüssel zu einem erfüllten Leben, das in jeder Facette leuchtet.

Als Eddi aus seinem Marihuana – Traum erwachte, schien er immer noch zu den glücklichsten Menschen der Erde gehörig. Eddi hatte am Sonntagnachmittag bei Holger vorbeigeschaut und ihm eine kleine Reise in das glückliche Land des Gartens seiner Villa angeboten. Bisweilen musste es für Eddi eine Flucht geben. Dafür war der große Garten am Rande Berlins eine perfekte Zuflucht. Eddi wohnte in einer Erdgeschosswohnung zwischen S-Bahn- und Autostraße in

Berlin-Mitte. Da war keine Haltestelle nach Dreamland. Hier, gemeinsam mit Holger, reiste er am liebsten. Manches Mal lagen sie auf dem Rasen und starrten in den blauen Himmel, manchmal redeten sie. Oft waren es die besten Gespräche.

„Michelle Phillips war dreimal verheiratet.1970 mit Dennis Hopper, die Ehe hielt nur acht Tage. Wusstest du das?", fragte Eddi.

„Keine Ahnung", meinte Holger schlapp. „klingt interessant."

„Bonnie Tyler hat in Immobilien investiert. Sie besitzt zweiundzwanzig Häuser in Portugal und Neuseeland. Außerdem fünfundsechzig Ställe für eine Pferdepension. Und ... eine Milchfarm und einen Steinbruch."

„Was du nicht sagst", meinte Holger lakonisch.

In der Musikszene und deren Protagonisten der 60er bis 80er Jahre kannte Eddi sich aus.

„Hörst du mir überhaupt zu?"

„Immer", Holger lachte. „Wusstest du, dass Esther an Geister glaubt?"

Holger richtete sich auf und stützte sich auf einen Ellenbogen.

„Endlich. Das weiß doch jeder, dass es Geister gibt. Wie kommt **sie** denn auf einmal darauf?"

„Im Garten, sie hat im Garten etwas gesehen. Sie behauptet, dass sich unser Rasenroboter selbstständig gemacht hat und durch den Garten cruised, wann immer er will. Außerdem macht unsere alte Waschmaschine Ärger. Sie zerstöre immer den Ablaufschlauch, meint sie."

„Du redest Quatsch", warf Eddi ein.

„Nein, frag sie doch", antwortete Holger.

„Esther", brüllte er, „Esther".

Nach kurzer Zeit kam sie aus dem Haus und fragte:

„was gibt's", und dann erst „ hallo Eddi, wie geht's?"

Eddi antwortete nicht direkt, sondern wollte es gleich wissen:

„Du bist eine von uns? Du glaubst endlich an Geister?"

„Wieso von uns, Holger ist ein doch ein eingefleischter Materialist."

„Nein, ich meine eine von uns Geistergläubigen", sagte Eddi mit einem Grinsen. „Hast du die Verschwörung deiner kleinen Haushaltshelfer auch endlich entdeckt?"

„Ja, das habe ich allerdings."

Jetzt war Eddi doch ehrlich erstaunt. Holger richtete sich auf, um aus dem Versuch sie zu verstehen Gewissheit zu machen. Beide sahen sie nun überrascht an.

„Wie kommst du darauf?", fragte Holger

„Erinnerst du dich, wie wir am Samstag während der Party hinter den Schuppen gegangen sind ... um ... ?", fragte sie Holger. Eddi schaute lüstern und wedelte mit der Hand, als wenn er mehr Luft benötigte. Holger winkte mit einer heftigen, wegwerfenden Geste ab.

„... um nachzuschauen, ob der Mähroboter sich selbstständig auf den Weg machen wollte?"

Holger nickte stumm und unterbrach mit deutlich fester Stimme:

„Aber er war da", meinte er, „... bestimmt".

„Ich habe doch gesehen, wie er sich gerade noch bewegte, um in der Ladestation zu verschwinden", antwortete sie mir fester Stimme, fast schon verzweifelt.

„Ich habe ihn dann abgestellt, damit er nicht automatisch losfahren kann. Was jedoch viel wichtiger ist: Morgens muss er sich dann bewegt haben, denn er hat den Strohbesen umgeschmissen."

„Oho, das ist allerdings beachtlich", schacherte Holger mit Worten.

„Du brauchst gar nicht so komische Kommentare abzugeben. Er stand nämlich noch in der Gegend herum und konnte nicht in die Station zurück, der Besen war davor gefallen."

„Ja und?", fragte Eddi.

„Auf seinem Display stand: ‚Ladestation nicht erreichbar'."

„Was soll das bedeuten?", fragte Eddi.

„Sag Du's mir", antwortete Esther. „Erst sehe ich ihn sich bewegen, dann ist er in der Station, ich schalte ihn ab, am nächsten Morgen fährt er los, schmeißt den Besen um und schließt sich von der Ladestation aus.

Außerdem ist ewig der Ablaufschlauch der alten Waschmaschine im Keller kaputt. Und der Kaffeevollautomat hat neulich den ganzen Kaffee durchgemahlen, ohne anschließend auch nur eine Tasse Kaffee zu brutzeln."

Holger und Eddi schwiegen. Beide machten ein ziemlich dämliches Gesicht. Mund offen, Augenbrauen zusammengezogen starrten sie sie an.

Eddi erwachte als Erster.

„Gut beobachtet, Esther. Dafür gibt es nur eine Erklärung", meinte er selbstsicher.

„Nur du weißt nicht welche", lachte Holger. Es sollte der Versuch sein, ihn zu hindern, einen grenzenlosen Blödsinn zu verzapfen.

Zu spät, Eddi kramte in seiner Fantasie

„Probleme, die es wert sind, in Angriff genommen zu werden, beweisen ihren Wert, indem sie sich sperren.

Ich will es für euch einmal an einem Beispiel aus der Musikgeschichte verdeutlichen, was oftmals ein Schlüssel zu etwas Unerklärlichem sein kann.

In einer Welt voll durchdachter und präzise geplanter Bandnamen betrat 1967 eine Gruppe die Bühne, die fragte, warum man einen Bandnamen wählen sollte, der logisch und bedeutungsvoll ist, wenn man stattdessen einen Namen aus dem Reich der Missverständnisse und phonetischen Verwirrungen wählen kann?

Heutzutage kommt bei einer solchen Sinnsuche höchstens so etwas wie „Die torkelnden Toastbrotscheiben heraus und ‚die Marmeladenmetzger' wollen als Botschaft den Veganismus betrillern. Procol Harum zeigt uns, wie man mit einem Hauch von Ironie seinen Platz in der Musikgeschichte sichert.

Der Ursprung ihres Namens ist dabei nicht etwa eine Geschichte epischer Inspiration oder poetischer Tiefe, sondern vielmehr ein Produkt der menschlichen Kommunikation – oder vielmehr der Fehlkommunikation. Es wird berichtet, der Name sei schlicht und einfach das Ergebnis einer Falschschreibung. Man stelle sich die Szene vor: ein telefonisches Gespräch, in dem ein unschuldig geplapperter Katzenname "Procul Harum" aus dem Äther fiel und prompt als offizieller Bandname angenommen wurde. Ein Beweis dafür, wie eine zufällige Bemerkung das Schicksal formen kann.

Und weil das so noch nicht genug ist, entschloss man sich, diesem kuriosen Bandnamen auch noch einen Hauch lateinischer Eleganz zu verleihen – "fern von hier und jetzt". Ein Ausdruck, der mit einem eleganten Kopfnicken zu den alten Römern versehen wurde, auch wenn die tatsächliche lateinische Grammatik weinend im Hintergrund steht und seufzt, dass es eigentlich "procul his" heißen müsste.

Mit diesem herrlich unperfekten, aber unglaublich einprägsamen Namen ging Procol Harum in die Musikannalen ein. Vielleicht haben sie damit das eigentliche Geheimnis des Erfolgs gelüftet: Nicht Perfektion, sondern die Kunst, aus den Missgeschicken des Alltags etwas Erstaunliches zu machen. Und das wiederum ist eine Lektion, die weit über die Bühne des Lebens hinaus Gültigkeit besitzt." Holger holte tief Luft.

Esther und Holger sahen beeindruckt aus, wussten jedoch nicht so ganz, was er damit sagen wollte.

Holger ahnte, dass seine beiden Zuhörer etwas diffuse Gedanken vor sich herschoben und ordnete sie mit der Einleitung:

„Was ich sagen will ist: oftmals ist das Kuriose der Weg zur Deutung unerklärlicher Details. Wir nehmen einmal an, eure kleinen Helferlinge im Haushalt führen ein eigenes Leben in der Technikwelt. Eure alte Waschmaschine ist natürlich eifersüchtig auf die Schöne Neue, die jetzt in eurer Küche steht, während sie im dunklen, feuchten Keller dahinvegetiert. Sie ist extrovertiert und reagiert entsprechend. Wütend richtet sie die aggressive Energie gegen sich selbst und zerreißt den Ablaufschlauch. Holger muss sich darum kümmern, muss den Schlauch ersetzen, ihr Aufmerksamkeit schenken. Das braucht sie, das genießt sie. Der Kaffeeautomat hat vielleicht seine Gedärme nicht im Griff und der kleine Mähroboter ist bestimmt nur unsagbar neugierig."

„Du meinst, der Staubsaugerroboter läuft nur immer deshalb um meine Füße herum, weil er meine Aufmerksamkeit will?", fragte Esther mit leicht ironischem Unterton. Gleichzeitig amüsierte sie diese Vorstellung.

„Oder weil er in dich verliebt ist. Liebe ist eine knifflige Sache, es ist schwer, darin einen Sinn zu sehen", witzelte Holger und erntete blitzende Blicke von Esther.

Raser hatte hinter dem Schuppen alles mitgehört. Er hatte einen Hang dazu, völlige Nebensachen zum wichtigsten Ereignis zu formen. „Saurot liebt Esther und Kolltom hat Dünnschiss?". Hätte er es gekonnt, wäre er jetzt rot geworden. Er glaubte, etwas Unerhörtes erfahren zu haben.

Wichtiger wäre wohl, dass Eddi sie enttarnt hatte. Das, was sie noch schützte, war, dass die Menschen die Wahrheit nicht erkennen wollten.

Sie neigen dazu, sich in ihrer Komfortzone einzurichten und die Augen vor der Realität zu verschließen. Doch Eddi hat das Unbekannte ans noch dämmrige Licht gezogen. Die Dinge ... sie leben.

Die Idee

In einer Welt, die sich unermüdlich im Kreise dreht und in der Wahrnehmungen so verwaschen wie ein Aquarellbild bei Regen sind, lag die eigentliche Bedeutsamkeit von Eddis Entdeckung der anderen Seite wohl in der Tatsache begründet, dass er stets umsichtig, in seiner unnachahmlichen Art der Entschleierung, es unabsichtlich vollbrachte, sie ihres Schleiers der Heimlichkeit zu berauben.

Oh, die Ironie des Lebens, die wahre Ironie, die in der unerschütterlichen Hartnäckigkeit der Menschheit zu finden war, welche standhaft darauf bestand, die Wirklichkeit zu ignorieren, selbst wenn sie ihnen unmissverständlich ins Gesicht sprang. Magisch, nicht wahr, dieses perfide Zusammenspiel der kollektiven Verkennung, das wie ein unsichtbarer Schutzschild fungierte, da ein jeder es vorzieht, überschaubar statt wahrhaft zu verbleiben, ein gehobenes Theater der Komplexität im endlosen menschlichen Streben nach der vorgeblichen Ignoranz.

Immer scheint das Gegenteil richtig.

In dieser Welt streben die Dinge, die Menschen umgeben, offensichtlich nach den menschlichen Effekten; jedenfalls eher als umgekehrt.

Wer möchte schon eine Waschmaschine sein? Oder ein Rasenroboter?

Aber die Dinge führen ein Eigenleben und möchten manchmal so werden, wie in einer menschlichen Welt ... zu Hause ... im Privaten.

So kam es, dass Saurot eines Abends, als alle zur Ruhe gekommen waren, vorschlug:

„Lasst uns auch eine Party feiern."

Saurot hatte von der Party im Garten kaum etwas mitbekommen. Er konnte ja von seinem Haupt-Aufenthaltsort in der Küche nur knapp in den Garten schauen. Er hörte lediglich das Echo der vergnügten Stimmen und wünschte sich mehr zu sehen, ja teilzunehmen, Stimmung zu schnuppern und sich auszutoben.

Die Antwort war erst ein eisiges Schweigen. Dachten sich alle doch, dass es vermessen sei, darüber nachzudenken, das zu erleben, was ihre Arbeitgeber offensichtlich so schätzten. Man konnte Kolltom den Kaffeevollautomaten beim darüber nachdenken, knirschen hören, der Geschirrspüler gluckste und Raser kaute vor Aufregung auf einem Grasrest herum, während vor ihm die Bilder der Gartenparty vorbeizogen.

Dann redeten alle auf einmal und aus der Gedanken-Kakofonie entstanden die ersten geordneten Splitter einer Planung.

„In drei Wochen sind sie in München. Sie fahren mit dem Zug", sagte Trams, der Smart-TV. „Das habe ich vor drei Tagen gehört, als sie sehr kuschelig (hüstel) vor mir auf dem Sofa lagen."

„Sturmfreie Bude", juchzte der kleine Raser.

„Kuschelig vor dem Fernseher", dachte, „die Alte" neidvoll.

„München, meine Geburtsstadt", schwärmte Nöf, der Föhn, „Esther nimmt mich bestimmt mit". Aber niemand hörte ihm zu. Der Föhn galt als etwas naiv, wenn nicht gar überflüssig. Er schnallte wenig und produzierte nur heiße Luft.

„Gut", fasste Kolltom zusammen und hatte den Termin gespeichert und einen Plan, wie er eventuelle Störungen der Party vermeiden wollte.

In den folgenden Tagen flutschten die Maschinen, wie frisch geölt. Selbst „die Alte" im Keller war vor Aufregung ganz weichgespült. Zwei Wochen totaler Frieden. Sporadisch kicherte jemand vor nervöser Vorfreude.

Kolltom stellte erstklassigen Kaffee her, Trams zeigte die schönsten Farben bei jedem Film, Saurot und Witer reinigten widerspruchslos jeden Boden und Wamine wusch die Wäsche so weiß wie noch nie.

Eddis Orakel, mit den kleinen hilfreichen Hausgeistern stimme etwas nicht, war noch nicht bei jedem im Haushalt angekommen. Sie hatten zwar gehört, was er vermutete, dass es genauso, wie es ja auch der Wahrheit entsprach, unter den helfenden Geistern zuging, jedoch richtig verstanden hatten sie es noch nicht.

Das sollte sich schlagartig ändern, als er einige Tage vor dem Wochenendausflug von Holger und Esther nach München Eddi wieder einmal zu Besuch vorbeischaute.

Er war durch die offene Küchentür zum Garten eingetreten. Die beiden saßen über dem Stadtplan von München und kreisten mit einem Rotstift ein, was sie sich anzuschauen vorgenommen hatten.

Holger schwärmte gerade die Sehenswürdigkeiten durch: „Wenn wir München erkunden, beginnen wir am besten am Marienplatz, dem lebhaften Zentrum der Stadt.

Gemeinsam bewundern wir das prächtige neugotische Rathaus, dessen Fassade uns mit ihren filigranen Details in vergangene Zeiten entführt. Sobald das Glockenspiel ertönt, bleiben wir stehen, lassen uns von der Melodie verzaubern und verfolgen die kleinen Figuren, die ihre Geschichte erzählen."

Esther blickte ihn schwärmerisch, verliebt an.

„Von hier aus schlendern wir weiter zur Frauenkirche, deren Zwiebeltürme wie stille Wächter über der Stadt thronen. Im Inneren empfängt uns eine angenehme Kühle und eine beeindruckende Stille. Wir heben den Blick, um die hohen Gewölbe zu bestaunen, und gönnen uns einen Moment der Ruhe, während die Hektik der Stadt draußen bleibt."

„Wir heben den Blick?", fragte sie süßlich und küsste ihn.

Etwas verwirrt, fuhr er fort:

„Unser nächster Halt ist der Viktualienmarkt, ein Paradies für die Sinne. Wir spazieren an den bunten Ständen vorbei, genießen den Duft von frischen Kräutern und gebackenem Brot und lassen uns von der freundlichen Marktatmosphäre anstecken. Vielleicht gönnen wir uns eine saftige Breze oder probieren ein Stück frisch geschnittenes Obst – der Geschmack ist so frisch, dass wir ihn noch lange in Erinnerung behalten werden."

„Sagt man nicht „Brezel"?", fragte Eddi dazwischen.

Holger erwiderte knapp:

„In München „Breze"."

Nun fuhr Esther fort:

„Anschließend führt uns unser Weg in den Englischen Garten, eine grüne Oase mitten in der Stadt. Wir laufen entlang der verschlungenen Wege, atmen die frische Luft und bewundern die Schönheit der Natur, die uns hier umgibt. Am Eisbach bleiben wir stehen und staunen über die Surfer, die sich mutig in die Wellen stürzen – ein faszinierendes Schauspiel, das uns kurz vergessen lässt, dass wir uns in einer Großstadt befinden."

„Und dass ihr das nicht könnt", spöttelte Eddi

„Du kennst dich aber gut aus", staunte Holger etwas verwirrt.

„Zum Abschluss müsst ihr die Residenz, ein beeindruckendes Bauwerk, das von der Pracht vergangener Jahrhunderte erzählt, besuchen", redete Eddi wieder dazwischen.

„Du störst, mein Freund. Hast du gar kein Feingefühl?" meinte Holger „München zeigt sich uns gerade von seiner schönsten Seite – eine Mischung aus Geschichte, Kultur und Natur ..."

„und Romantik", ergänzte Esther frustriert.

„Wistn Bier?", fragte Holger und weil er die Antwort schon kannte, stand er auf und ging zum Kühlschrank.

Holger wollte sich gerade an den Küchentisch setzen, da kam Saurot auf ihn zugefahren und weil er ziemlich sauer war über Eddis Störmanöver und das Zerreden der romantischen Stimmung, die gerade noch herrschte, bugsierte er sich so in Eddis Weg, dass dieser Saurot nicht ausweichen konnte.

Beinahe wäre er gestolpert, fing sich gerade noch, aber stieß sich den Musikantenknochen und hopste schmerzverzerrt durch die Küche.

„Ihr kleinen Bestien, was habt ihr vor?", schrie er.

Augenblicklich verharrten alle Haushaltshelferlinge in Schockstarre. Sie fühlten sich ertappt. Wie konnte Eddi wissen, was sie vorhaben? Sie hatten Respekt vor ihm. Gerade neulich hatte er etwas verdammt Enthüllendes gesagt.

„Ruhig bleiben", murmelte Kolltom und langsam kamen alle wieder zur Besinnung.

Mit einem Plopp öffnete Holger den Bügelverschluss und reichte Eddi die zweite verschlossene Flasche.

„Prost".

„Ich glaube, sie wissen nichts", sagte Kolltom leise und für die Menschen ohnehin unhörbar.

Lediglich ein erlösendes Knarzen war von irgendwoher zu hören.

Am nächsten Morgen machte sich Holger an die konkrete Vorbereitung der Wochenendreise. Mit der Hilfe seines Smartphones buchte er die Fahrkarten von Berlin nach München und zurück mit dem Zug in der ersten Klasse.

„Da haben wir mehr Platz und es ist nicht so laut", erläuterte er Esther die zusätzlichen Kosten.

Dann kam das Hotel dran. In zentraler Lage gab es ein zwei Sterne Hotel.

„Da holen wir die Kosten wieder rein", meinte er kleinlaut.

Durch die Informationen des Smartphones Sarto wussten natürlich Kolltom, Saurot, Trams und alle anderen, was am übernächsten Wochenende geplant war. Der alte Sarto war schon länger in Holgers Besitz. Da hatte er bereits eine Menge zu hören bekommen und als Holgers ständiger Begleiter war natürlich klar, dass er die Verbindung mit dem

Berliner Haushalt halten würde. Zu einer Party fühlte er sich ohnehin viel zu alt mit seinem zersprungenen Display.

Als er noch ganz jung war und als technische Errungenschaft in schwarzem Klavierlack die Produktionsstätte in China verließ und nach einer langen Reise um die Welt Holger den hellgrauen Karton in Berlin öffnete, war er stolz und glücklich. Er sah in dieses strahlende Gesicht und genoss es, dass er sich nur noch um ihn kümmerte. „Lange Zeit war Holger damit beschäftigt, an mir herumzufummeln, drückte meine unzähligen Icons", erinnerte er sich lebhaft. „Ich wurde sein bester Freund."

Dann fiel Sarto in der Küche auf den alten, schon etwas rissigen Terrazzoboden und das Display bekam einen Sprung. Das tat beiden weh. Holger wohl am meisten, jedoch das Smartphone tat tapfer weiterhin seinen Dienst, hatte jedoch leider einen Teil seiner Faszination eingebüßt.

Holger und Esther waren weiterhin kaum zu bremsen. Ihr Wochenendtrip von Berlin nach München stand kurz bevor und die Vorfreude war spürbar.

Also: Koffer packen.

"Esther, hast du meinen Lebkuchenherz-Hut gesehen? Ohne den kann ich doch nicht nach Bayern!", rief Holger lachend.

Mit einer Checkliste, die länger war als eine bayerische Speisekarte, gingen sie ihre Sachen durch.

„Muss ich mir Sorgen machen, dass mich eine Fashion-Polizei aufgreift?", sinnierte Holger.

Der Koffer von Esther war ein buntes Sammelsurium aus nützlichen und weniger nützlichen Gegenständen.

"Wenn wir zu viele mitnehmen, haben wir keinen Platz mehr für Souvenirs wie zum Beispiel Lederhosen-USB-Sticks!", jammerte Esther dramatisch.

Holger hatte sogar einen kleinen bayrischen Wörterbuch-Spickzettel zusammengestellt – nur für den Fall, dass sie sich mit echten Bayern in tiefes Fachsimpeln über Breze(l)n und Dackel verwickeln wollten.

Der kleine Saugroboter Saurot, der gleichzeitig im Schlafzimmer herumwuselte, hörte den Vorbereitungen amüsiert und ebenso aufgeregt zu. Nichts wollte er verpassen. Obwohl er einige Male zu seiner Absaugstation zurückkehren musste, da er sich diesmal lange und genüsslich um die Staubflusen unter dem Bett kümmerte, teilte er jedes Detail der Vorbereitung sofort den anderen elektrischen Mitbewohnern mit. Das Aussaugen an der Ladestation erregte ihn jedes Mal außerordentlich, und so fand er die richtige Betonung für die Meldung:

„Holger hat seinen Stringtanga eingepackt", die im Wesentlichen deshalb zu einer Sensation avancierte.

„Ich weiß", kommentierte Belei das Quere Bügeleisen übertrieben gelangweilt.

Eines war sicher: Es würde für alle ein unvergessliches Wochenende werden.

Die Reise

Als Holger und Esther endlich im Zug nach München saßen und das Smartphone grünes Licht gab, war die Vorfreude kaum zu bremsen. „Die Party kann starten!", rief Kolltom ausgelassen und alle fingen an, sich auf einen unvergesslich schönen Abend am morgigen Samstag vorzubereiten.

Pünktlich um acht Uhr abends war dann schließlich alles bereit. Die Stimmung war elektrisierend, als der Kühlschrank rhythmisch seine Tür auf und zu machte und dabei kühle Getränke wie ein echter Barkeeper servierte. Zwischendurch neckte er das Gemüsefach: „He ihr Möhrchen, ihr seid ja voll langweilig!", was für ein paar heitere Momente sorgte.

Überall hatte sich buntes Konfetti verteilt. Dieses kleine bunte Zeug würde schwer wieder aufzusammeln sein. Aber egal, jetzt wollten alle zunächst fröhlich sein. Außerdem würde sich Saurot darum kümmern. So dachten sie eben.

Der Geschirrspüler, ganz der Entertainer, ließ seine Sprüharme wild rotieren und veranstaltete innen eine spritzige Schaumparty. Mit jeder Runde klatschte seine Klappe fröhlich und rief: „Noch eine Runde, Leute!"

Die Mikrowelle, bunt blinkend und piepend im Takt der Beats, hielt die Party-Snacks warm und verströmte dabei eine einladende Wärme. Der Toaster in der Ecke schleuderte Toastscheiben in die Luft, als würde er jonglieren und rief dabei: „Wer will, wer will? Frischer Toast, noch heiß!"

Auf dem Boden wirbelte der Staubsaugerroboter in wilden Kreisen herum, zog dabei Konfetti hinter sich und zeigte stolz seine neueste Tanzbewegung, den „Staubfeger-Walzer". Es war ein Spektakel der besonderen Art.

Die Waschmaschine, transformierte in eine glitzernde Discokugel, brachte die Socken im Inneren dazu, eine spontane Modenschau abzuhalten, was allseits für Begeisterung sorgte. Der Kaffeevollautomat, im Wettkampfgeist, brühte emsig Espresso-Shots wie einst 1901 Luigi Bezzera in Mailand und schäumte Milch für den cremigsten Cappuccino, den man sich nur vorstellen konnte.

Der Wasserkocher, laut pfeifend wie ein erfahrener Party-DJ, brachte mit seiner Begeisterung alle zum Mitswingen. Die Lampen, perfekt auf die Stimmung abgestimmt, zeigten eine selbst programmierte Lichtshow, die jeden in ihren Bann zog.

Der Herd, mit seinen glühend roten Kochplatten, tanzte einen feurigen Tanz, während der Dunstabzug darüber sanft Nebel ausstieß und so für eine mystische Party-Atmosphäre sorgte.

Allerdings meckerte „die Alte" im Keller, sobald es etwas lauter zuging. Sie konnte ja auch nicht dabei sein. Im Laufe des Abends wurde sie immer mürrischer, sogar wütend und biss wieder den Ablaufschlauch durch. Holger hatte ihn gerade erst wieder ersetzt, da er überzeugt war, man könne schließlich eine funktionierende Waschmaschine nicht entsorgen, nur weil der Ablaufschlauch ein Loch hatte. Allerdings war es ihm auch lästig, einmal im Monat den Schlauch zu erneuern. Unerklärlich.

Die ganze Szenerie war wie aus einem Traum, wo jedes Gerät seine eigene Persönlichkeit zum Besten gab und so ein Fest erschuf, das man nicht so schnell vergessen würde. Küchenpartys sind eben die Besten.

In München verlebten indessen Holger und Esther eine glückvolle Zeit. Ihr Programm war zeitfüllend und sie erfuhren eine Menge Eindrücke.

Am Sonntag nach einem späten Frühstück machten sie sich auf, die Rückreise nach Berlin anzutreten.

Um einige Minuten vor elf Uhr würden sie starten, über Nürnberg und Erfurt nach Berlin in der ersten Klasse zum Ziel Berlin gleiten und dort kurz nach fünfzehn Uhr ankommen.

Die Zeit würde wie im Fluge vergehen.

Sarto informierte umgehend Kolltom, der jedoch sehr verschlafen die Meldung entgegennahm und auf das Smartphone einen eher trägen Eindruck machte.

„Hallo, du lahmer Kaffeevollautomat, aufwachen. Ist alles klar? Wir fahren jetzt in München ab."

Ach du Schreck, in ein paar Stunden sind Esther und Holger wieder hier und es sieht chaotisch aus, wie auf dem Flughafen, wenn alle Maschinen mit Fußballfans auf einmal landen.

„Aufräumen", schrie Kolltom, mit einer entsetzlichen Panik in der Stimme.

Als erster reagierte Trams und meldete über seinen Bildschirm nicht weniger drängend die Dringlichkeit.

Kurze Bestandsaufnahme ... „los, los, macht euch dran."

Smasch klapperte aufgeregt mit der Ladeklappe, sodass die Teller klapperten, Kolltom fertigte ein paar Kaffeelatte, Saurot meldete sich militärisch: „Zum Saugdienst und Wischen bereit", wobei er auf seine wischende Kollegin Witer deutete. Die reagierte gleich wieder beleidigt, denn sie deutete sich in einem derartigen Wortgefüge als Untergebene von Saurot.

„Stellt euch nicht so an", kommentierte Kerbi, die Kühl-Gefrier-Kombi frostig. „Nun fangt schon an".

Obwohl es nicht so richtig koordiniert war, begannen alle mit irgendwelchen Aufräumarbeiten.

„Los jetzt, ran an den Dreck!", rief Kolltom, der smarte Kaffeevollautomat. Mit einer Autorität, die man sonst nur von den besten Baristas kennt, koordinierte er die Aufräumaktion. Saurot, der Saugroboter, wirbelte durch die Räume, gefolgt von seiner mürrischen Kollegin Witer, die eher widerwillig ihrem Dienst nachging. Smasch, die Spülmaschine, klapperte nervös mit ihren Klappladen, das Geschirr schepperte und klirrte im Takt ihres Herzklopfens.

Nach einer Stunde stellten Trams und Smasch fest, dass sie es niemals schaffen würden, alle Spuren zu beseitigen, bis Holger und Esther zurückkehrten.

„Wir brauchen mehr Zeit", meinte Trams und sah sich verzweifelt um.

Wenn sie es nicht schaffen würden, alles wieder herzurichten, würde es eine Katastrophe geben. Niemand würde irgendwie das Durcheinander erklären oder aufklären können.

„Ich schaue, was ich tun kann, ich habe da schon eine Idee", reagierte Kolltom.

Nach der Fahrkartenkontrolle war Holger eingenickt. Esther hatte sich in ein Buch vertieft, ihr ultimatives Abenteuer fand zwischen den Zeilen statt. Irgendetwas über Hugenotten. Wie eigentlich immer im Verlauf einer Zugfahrt gab es nach einer Begrüßung der Fahrgäste etwas später einen Hinweis auf den Speisewagen und nun, eine weitere halbe Stunde später kurz vor Nürnberg die Meldung über eine ausgefallene Signalanlage. Der Zug müsse warten, die Verspätung würde in Nürnberg etwa eine halbe Stunde betragen. Der ICE bremste und kam auf offener Strecke zum Stehen.

Als Kolltom den anderen mitteilte, dass der Zug mit Holger und Esther erst einmal zum Stehen gekommen war, brach in der Küche in Berlin großer Jubel aus. Zeit gewonnen. In der Küche der Villa verwandelte sich die Verspätungsnachricht in einen Freudentanz. „Mehr Zeit", jubelten die Geräte, als hätten sie gerade einen Lottojackpot gewonnen.
Doch wie gewonnen, so zerronnen.
„Meine Damen und Herren, der Schaden ist behoben, wir können unsere Fahrt eher als erwartet fortsetzen."
Jubel im Zug, Panik in der Küche der Villa.
„Kolltom, tu was", flehten Smasch und Wamine.
Es half nichts, der ICE erreichte beinahe noch pünktlich Nürnberg. Sarto teilte tonlos mit:
„Sind jetzt in Nürnberg, wie sieht es aus?"

Verzweiflung herrschte in Berlin.

Das Problem war auch, immer wenn die Zeit schneller zu schmelzen begann, wurden die Arbeiten, anstatt durch Verzweiflung beschleunigt, immer langsamer, wie gelähmt. Bei Menschen konnte man so etwas auch gelegentlich entdecken. Man erkennt dann in ihnen oftmals die Überbleibsel einer wahrhaft bemerkenswerten Schlichtheit.

Nicht so bei Kolltom. Er entwickelte sich zum Helden. Er erreichte tatsächlich einen vielleicht entscheidenden Zeitgewinn. Holger und Esther hatten bereits die erste kleine Verspätung verdaut, da kam die alles zerstörende Meldung, als sie gerade den Bahnhof verlassen hatten:

„Meine sehr verehrten Damen und Herren, wegen eines umgestürzten Baumes ist die Strecke nach Erfurt gesperrt. Der Halt in den Bahnhöfen Erfurt und Halle entfällt. Der Zug wird über Kassel und Hannover umgeleitet." Rums.

Welche Verspätung sie erwarten würde, erfuhren sie vom Schaffner, der beinahe weinte, als er sagte:

„Rechnen Sie mit vier Stunden Verspätung".

In der Villa jubelten sie. Vier Stunden mehr Zeit. Das mussten sie schaffen. Wenn sie gekonnt hätten, sie hätten sich in den Armen gelegen.

Nun aber los. Alles klapperte, machte und tat. Es ging flott voran und als letztlich Saurot noch die Reste von Konfetti aufbürstete und ein letztes Mal die Absaug- und Ladestation anfuhr, sah alles aus, wie am ersten Tag.

Gegen zehn Uhr abends kamen Esther und Holger total reisemüde in die Küche, entkorkten eine Flasche Rotwein und freuten sich wirklich, dass sie wieder zu Hause waren.

„Komisch, es ist immer alles perfekt, wenn wir nach Hause kommen", wunderte sich Esther, während sie einen tiefen Schluck ihres Weins nahm und einen Blick auf die glänzende Küche warf. „Sauberer als vorher".

Holger nickte müde, und während er seine Schuhe auszog, murmelte er: „Es ist, als würden die Küchengeräte ein eigenes Leben haben ..."

„Quatsch", sagte Esther.

Sie dachten nicht länger darüber nach.

Schließlich im Bett schliefen sie alsbald ein. Holgers letzte Gedanken drehten sich um das Bier, welches die Bahn wegen der überlangen Verspätung spendiert hatte. Esthers letzte Gedanken gingen an den gut aussehenden Kellner, der sie servierte.

Verwirrende Erkenntnis

Am Montag gegen Mittag schauten wieder einmal Will und Eddi vorbei. Es war der „Tag der Arbeit" und die beiden wollten mit einer Flasche Bier den Umstand feiern, dass sie heute nicht arbeiten mussten.

Holger, Will und Eddi saßen auf der schweren Parkbank im Garten der Villa, umgeben von der flüsternden Stille der frisch sprießenden Natur.

„Weißt du, Eddi", begann Holger das Gespräch, „es ist schon eine Ironie des Schicksals, dass wir Menschen seit der griechischen Mythologie mit der Arbeit gestraft sind." Er lehnte sich zurück und blickte in den klaren Himmel.

„Arbeiten wie ein Garnelensklave", warf Will ein.

Holger lachte.

„Das heißt Galeerensklave".

„Ach".

Eddi, der immer ein offenes Ohr für die philosophischen Ergüsse seines Freundes hatte, nickte bedächtig.

„Ja, das Feuer des Prometheus. Eine feurige Angelegenheit, das Ganze. Und dann diese Pandora mit ihrer Büchse – konnte die nicht einfach mal die Deckel drauf lassen?"

Will lachte. „Genau. Stellt euch mal vor, all die Plagen, Mühsal und die Arbeit blieben schön verschlossen. Wir hätten stattdessen einfach unser Leben im Paradies fortgesetzt. Keine Montage, keine Deadlines, kein Chef, der einem im Nacken sitzt." Er öffnete ein weiteres Bier.

„Und kein Burn-out!", fügte Eddi hinzu. „Kein Wunder, dass alle gestresst sind, von dieser ständigen Erreichbarkeit."

„Als Friedhofsgärtner musst du ständig erreichbar sein?", fragte Holger.

Die drei Freunde lachten gemeinsam und genossen für einen Moment die Vorstellung einer arbeitsfreien Welt. Doch dann wurde Eddi nachdenklich.

„Aber wisst ihr, manchmal denke ich, dass die Arbeit auch ihr Gutes hat. Sie gibt uns doch eine Struktur, eine Art Ziel. Was würden wir denn sonst den ganzen Tag machen?"

Holger schaute ihn skeptisch an. „Nun, wir könnten den ganzen Tag auf dieser Bank sitzen, die Natur genießen, über die alten Griechen reden und dabei unseren Ruhestand genießen."

„Ruhestand?" Eddi schmunzelte. „Holger, wir sind gerade mal Mitte dreißig. Da reden wir noch nicht vom Ruhestand, mein Freund. Selbst die griechischen Götter hatten ihre Aufgaben. Selbst die mussten 'arbeiten', wenn du so willst."

„Ja, aber deren Arbeit bestand darin, gelegentlich vom Olymp herabzusteigen und die eine oder andere menschliche Angelegenheit zu regeln. Das nenne ich mal eine ausgewogene Work-Life-Balance!", entgegnete Holger.

Eddi nickte lachend.

„Na gut, vielleicht sollten wir uns bei Zeus beschweren, dass er die Balance etwas besser hätte regeln sollen, als er die Arbeit als Strafe auf die Menschheit losließ."

„Na, du hast doch wohl zu wenig zu tun", sagte Will, „kommst gerade von einem Städtetrip aus München zurück und hast als Erstes nichts Besseres vor, als dein Haus zu putzen. Wann bist du denn heute aufgestanden? Oder hast du Esther dazu gebracht?"

„Weder noch", antwortete Holger überrascht. „Wir haben lange geschlafen und Hausputz ist auch schon ewig her."

„Wie kann das sein? Drinnen sieht alles aus wie geleckt."

„Das denkst du nur, weil du nur das Durcheinander bei dir zu Hause kennst. Im Übrigen war unsere Rückreise mit Chaos gespickt."

Holger erzählte mit vielen Worten von dem Rückweg mit dem Zug, den Umleitungen und nervigen Durchsagen.

„Also ich wars nicht", schloss Holger mit einem leisen Zweifel über den Inhalt des Gespräches.

„Dann waren es eure diensteifrigen kleinen Helferlinge von ganz alleine", sagte Eddi.

Alle schwiegen und Holger sah Eddi interessiert an.

Esther, in ihrem flauschigen Hasenhausanzug, der stark nach Ostern aussah, betrat den Garten mit einem noch sehr verschlafenen Blick. Ihr Outfit war betörend rosa und ließ die Köpfe von Holger, Will und Eddi verdutzt hin und her schwingen.

Holger, der immer etwas konservativer war, hob eine Augenbraue so hoch, dass sie fast mit seiner Haarlinie verschmolz. „Esther, ist das dein neuer Look?"

Gedehnte Worte, stark beeindruckt von dem gigantischen Hasenschwanz, der hinter ihr wippte.

Will lachte laut auf und öffnete eine weitere Flasche. Plopp.

„Willst du zu Alice ins Wunderland?"

Eddi klatschte begeistert in die Hände.

„Cool, kannst du hoppeln? Und Karotten essen?", fragte er neugierig.

Esther, kaum amüsiert von der Reaktion ihrer Freunde, machte einen müden Hopserschritt und meinte:

„Vielleicht." Sie schaute sich unter den drei Jungs um.

„Was macht ihr denn hier schon so früh?"

„Wieso früh? Es ist nach zwölf Uhr", stellte Eddi nüchtern fest.

„Das lügst du", gähnte Esther.

„Bist du so müde, weil du die ganze Nacht das Haus sauber gemacht hast?", fragte Holger.

„Gnagnagna."

„Nein, im Ernst. Eddi meint, es sei so sauber, wie geleckt."

„Gnagnagna**gna**!"

„Er meint das Ernst. Er vermutet, unsere kleinen Helferlein im Haushalt hätten das selbstständig und ganz alleine in die Hand genommen. Jedenfalls, wenn wir das nicht waren."

„Eddi, glaub mir, ich kenne dich doch. Du bist doch auch nur knapp am Messi vorbei"

Esther, ach unsere liebe Esther. Man könnte meinen, sie sei gerade heute im müden Modus erwacht und hätte diesen nie verlassen. Ihre Augen hatten diesen besonders charmanten Glanz von "Ich habe mindestens drei Tassen Kaffee zu wenig" und ihre Haare sehen aus, als hätten sie ein Eigenleben, das sich strikt gegen Kämme oder Bürsten wehrt.

„Jetzt mal ernsthaft, Jungs – sieht das aus, als wäre ich hier die Putzfee gewesen? Ich konnte gerade so meinen Pyjama finden."

Mit jedem Schritt, den sie tat, scheint eine kleine Wolke aus 'Ich brauche ein Nickerchen' von ihr zu tropfen.

Jedoch plötzlich schien sie aufzuleuchten. Die Lebensgeister erwachten auf eine Art, als ob jemand wie bei einem Hampelmann an der Schnur gezogen hätte.

Sie schaute Eddi angestrengt aus verkniffenen Augen an.

„Meinst du ernsthaft, unsere Haushaltsgeräte könnten ohne unser Wissen ein Haus auf Hochglanz bringen?"

„Natürlich. Holger hat es doch gerade erzählt, wie es gelaufen ist."

Esther sah erstaunt zu Holger.

„Hast du?"

Holger sah erstaunt zu Eddi.

„Hab' ich?"

„Mein Gott, muss ich euch tatsächlich die Welt erklären?"

„Mach das mal", sagte jetzt auch Will ganz neugierig.

Auch Raser, der kleine Mähroboter, linste um die Ecke des Schuppens, Saurot und Witer standen hinter der Tür zur Terrasse, Smasch lauschte mit weit geöffneter Klappe, Kolltom vergaß vor Aufregung den Kaffee für Esther. Nur Kerbi, die Kühl-Gefrier-Kombi, tat ganz cool.

„Nach eurer Party neulich muss bei euren Hausgeistern der Wunsch entstanden sein, sich auch einmal zu amüsieren. Kein Geschirrspüler oder Staubsauger mag es, ein Leben lang so eine geistlose Arbeit zu verrichten, wie ausschließlich eure dreckigen und fettigen Teller abzuwaschen und kein Staubsauger mag immer nur euren Dreck fressen", begann Eddi.

Aus der Küche war ein klappendes Geräusch zu vernehmen. Alle wandten die Köpfe. Smasch war vor Schreck die Klappe zugefallen.

„Also kamen sie auf die Idee, sich auch einmal zu vergnügen und eine Party zu feiern".

„Zu viel Fantasie lügt neunmal und erzählt Blödsinn beim zehnten Mal", verwarf Holger Eddis Geschichte.

„Warte doch ab", rief Eddi ungeduldig.

„Das vergangene Wochenende war die beste Möglichkeit. Ihr seid unterwegs und das Haus ist leer."

„Aber woher wussten sie, dass wir weg sein würden?", fragte Esther mit sachlicher Stimme.

„Wie habt ihr den Zug und das Hotel denn gebucht?"

„Mit dem Smartphone", antwortete Holger belustigt.

„Na, dann weißt du ja, woher die Informationen kamen." Holger und Esther sahen sich an, in der Art, als würden sie aneinander vorbeischauen und die Blicke sich erst in der Unendlichkeit treffen.

„Aber wir hätten jederzeit spontan wiederkommen können".

„Hättet ihr nicht, oder hast du das Hotel nur für einen Tag gebucht?"

Holger nickte stumm. Das hieß: „Natürlich nicht".

„Was hat das mit dem picobello Zustand des Hauses zu tun?", fragte Esther nun überaus interessiert.

„Ist doch klar, wenn du eine Party feierst, muss anschließend aufgeräumt werden. Ihr solltet ja nichts bemerken. Das kannst du dann ja nicht nur halb machen, dann merkt es ja jeder, dass etwas nicht stimmt. Also sieht es hinterher besser aus als vorher. Und weil sie das mit dem Aufräumen nicht geschafft haben, mussten sie für eine ordentliche Verspätung eures Zuges sorgen, um Zeit zu schinden."

„Das hat ja auch gut funktioniert", sagte Holger jetzt über die Maßen belustigt. „Kling alles logisch."

Esther dachte an das merkwürdige Verhalten, welches sie bei dem kleinen Mähroboter bemerkt hatte, als er sich nicht rechtzeitig wieder in seiner Ladestation verkrümelt hatte.

Außerdem, als sie heute Morgen als erste Tat auf die elektronische Waage gestiegen war, zeigte sie drei Kilo mehr an. War da ein leises gehässiges kichern zu hören gewesen? Sie erinnerte sich, dass sie schnell wieder hinuntergesprungen war.

„Könnte sein", meinte sie tonlos zu Eddi. Schließlich stand sie auf und ging nachdenklich ins Haus.

„Ich geh' duschen."

Sie ging über die Veranda in die Küche.

Immer noch verschlafen dachte sie über Eddis Geschichte nach. Auf der Veranda blieb sie kurz stehen, wandte sich zu Holger, Eddi und Will, schnappte schnell Luft, als ob sie ihnen noch etwas zurufen wollte, ging dann allerdings ohne weitere Worte in die Küche.

Hier bemerkte sie eine Spur buntes Konfetti, welches von der Ladestation des Saugroboters hinter die Verandatür und wieder zurückführte. Esther mochte kein Konfetti. Es war nie ganz wieder zu entfernen. Auch nach Jahren tauchte immer wieder in irgendeiner Ritze etwas auf. Auf ihren Partys gab es nie so etwas.

Offensichtlich war die Absaugstation jetzt jedoch übervoll und hatte aus dem Saugroboter nicht alles absaugen können.

Esther starrte Saurot an, der versuchte, sich in der Auflade- und Entsorgungsstation so unsichtbar wie eine Zitrone im Apfelsinenkorb zu machen.

Sie drehte sich zum Geschirrspüler, der mit inzwischen wieder halb offener Klappe aussah, als ob er idiotisch sabberte.

Unterdessen glotzte die Waschmaschine wie ein verblüfftes einäugiges Ungeheuer durch ihr Bullauge und der Kaffeevollautomat schrapelte. Kerbi seufzte und ließ einen vor Anstrengung aufgehaltenen kalten Hauch fahren.

Alles aufgeflogen.

Saurot hatte es zu spät gemerkt und versehentlich das Konfetti, welches neben der überquellenden Station gelandet war, im ganzen Raum verteilt. Und nur, weil er zu neugierig gewesen war um hinter der Tür zu lauschen, was Eddi zu erzählen hatte.

„Verräter", zischte Witer und begann zu heulen, bis der Wassertank leer war.

Im Keller knickerte „die Alte" aus Schadenfreude und biss vor Vergnügen in den Ablaufschlauch.

Nur Belei und Nöf blieben kalt.

Kolltom machte erst einmal einen starken Kaffee.